남성여중 구세주

남성여중
구세주

양호문 장편소설

특별한서재

차례

버스가 출발하자마자 첫 교차로에서 빨간 신호등에 걸리고
만다.

"오늘 그 애가 안 나타나려나? 왠지…….."

왠지 불길한 예감이 든다. 이 예감이 적중했을 때 받게 될 심리
적 충격을 나는 도저히 감당해낼 용기가 없다. 태풍에 강타당한
담벼락처럼 한순간에 와르르 무너져내릴 것이다. 그 애가 꼭 나
타나주기를 속으로 기원한다. 하지만 마음이 좀체 안정되지 않
는다.

"나타날 거야!"

나는 그러리라 믿으며 '나타날 거야'를 마치 무슨 주문처럼 반복
해서 읊조린다.

느리게 시내를 벗어나 시 외곽으로 나간 버스는 차츰 속도를 높인다. 나는 차창 밖 넓게 펼쳐진 푸른 들판을 바라본다. 모내기를 갓 끝낸 논마다 가녀린 벼들이 바람에 떨고 있다. 제비가 그 위를 바쁘게 날며 벌레잡이를 하는 모습도 보인다. 어느 집 처마 밑 둥지에서는 배고픈 새끼 새 홀로 어미가 돌아오기를 애타게 기다리고 있겠지. 돌이켜 보니 나의 기다림은 보상받은 적이 거의 없었다.

"곧 삼례입니다, 내릴 분은 미리 준비하세요."

버스가 강을 가로지르는 긴 다리를 건너 삼례읍으로 들어선다. 삼례 정류장에서 버스가 멈추자, 한 아주머니가 올라타 내 옆자리로 와서 앉는다. 혼자 앉아서 편했는데 아주머니가 옆자리에 앉으니 불편해진다. 뒤쪽에 빈자리도 많건만 굳이 내 옆에 앉는 게 못마땅하다. 파마머리 아주머니는 보라색 계통의 칙칙한 옷차림에 얼굴색도 밝지 않다. 무슨 큰 근심이 있는 듯하다.

"애기씨는 워디까정 가능겨?"

버스가 다시 출발하고 얼마 안 돼 아주머니가 불쑥 묻는다.

"예?"

나는 갑작스런 질문에 대답을 못 하고 짧게 되묻는다. 엔진 소음 때문에 잘못 들은 것도 같아서다.

"애기씨두 군산까정 가?"

"아니요. 저는 군산까지 안 가요. 중간에 내려요."

군산까지 안 간다는 대답만 하고 내 구체적인 목적지는 밝히지 않는다. 군산에서 3년이나 살았었지만, 왠지 느낌이 좋지 않기 때문이다.

"아침 일찍에 전화가 왔는디, 친정어메가 위독허시다드만!"

"아, 그러세요?"

엄마라는 말에 내 눈이 반짝 빛난다. 가슴도 일렁인다. 그리고 까맣게 잊고 있었던 '위독'이라는 단어가 내 머릿속에서 맴돈다.

"올해 연세가 여든하나신디. 치매로 요양 병원에 입원허신 지 2년 되얐어."

"……!"

치매에 대해 잘 알지도 못하고, 뭐라 해줄 말도 없어서 나는 그냥 가만히 있는다.

"젊어서부텀 아부지 술 뒷바라지허느라 고생 허벌나게 허셨제! 친정아부지가 술을 징허게두 좋아허셨당께!"

"……!"

아버지라는 말까지 나오자 내 얼굴이 딱딱하게 굳어진다.

"친정아부지는 마흔아홉에 간암에 걸려설랑, 병원 침대에서 꼬박 1년 6개월을 누워 기시다가 돌아가셨제잉!"

내가 반응을 나타내지 않는데도 아주머니는 자기 이야기를 줄줄이 늘어놓는다. 혼자 조용히 정겨운 시골길 풍경을 감상하면서 가려던 내 작은 소망이 폭삭 깨지고 만다.

"병 수발두 어메 혼자 다 허셨제. 울 6남매두 혼자 심으루 다 키우셨구."

아주머니의 끝없는 수다에 나는 머리가 아프고 차멀미가 나려 한다. 더욱이 아주머니 몸에서 생선 비린내까지 풍겨 구역질도 치솟는다.

"나 겉으면 멀리 도망쳐뿔제, 울 어메츠럼 못 산당께! 텔레비에서 유명 여자 박사가 그러는디, 여자두 행복을 누릴 권리가 있다드만!"

아주머니의 수다는 끝날 기미가 없다. 나는 휴대폰에 이어폰을 연결해서 음악을 듣는다. 〈지붕 위의 바이올린〉이라는 영화의 주제곡인 「선라이즈 선셋(Sunrise Sunset)」이다. 바이올린의 애잔한 선율이 들을 때마다 심금을 울린다. 옛날 그 대학생 오빠가 곡명을 알려주며 영화도 꼭 한번 보라고 권했었다. 지금까지 한 번이 아니라 열 번도 더 보았다. 다섯 명의 딸을 기르는 가난한 유태인 아버지의 삶을 그린 내용으로, 아버지의 묵직하고도 속 깊은 사랑이 아주 잘 묘사되어 있었다. 나는 눈을 감고 음악 감상에 집중한다.

40분쯤 지나 버스는 익산 터미널에 도착한다. 얼른 일어나서 통로로 나선다. 그러나 앞쪽이 막혀 잠시 제자리에 서 있는다.

"여그서 내리는구먼? 애인 만나러 왔능가 보네! 그렇제?"

나는 대답을 않고 살짝 웃기만 한다.

"나두 애기씨츠럼 고왔던 처녀 시절이 있었제. 잘 가드라고
잉?"

"예!"

잘 가라는 인사까지 무시할 수가 없어서 짧게 대답한다.

버스에서 내린 나는 화장실부터 들른 후 대합실로 가 시간을
확인한다.

"시간이 많이 남았네. 어쩌지?"

얼마간 고민 끝에 선물을 사려고 주변 상가로 향한다.

"아, 저기가 낫겠다."

문을 열고 들어가서 천천히 둘러본다. 그러다가 마음에 드는 걸
골라잡는다.

"이거 계산해주세요."

카운터에 현금을 지불한다.

점원이 건네는 영수증을 받아든 다음 출입문을 열고 거리로
나선다. 코에 느껴지는 익숙한 향기가 기다렸다는 듯이 나를 잡
아끈다. 나비처럼 향기를 따라가다가 횡단보도를 건너 작은 공
원 안으로 들어간다. 나는 금세 향기의 실체를 알아챘다.

"맞아! 저거였어."

라일락 나무 밑 벤치에 앉는다. 연보라색 라일락 꽃향기가 나를
부드럽게 감싸고 돈다. 낯선 아주머니의 수다와 차멀미로 혼탁
해진 내 정신이 순식간에 맑아진다.

"중학교 때 교화도 라일락이었지?"

나는 라일락 꽃나무를 살펴보며 얼마간 향기를 맡는다. 오랫동안 잊고 지냈던 향기. 해마다 봄이 되면 낯선 길모퉁이에서든, 캠퍼스 한구석에서든, 분명 내 코끝을 살짝살짝 스쳐 지나갔을 것이었다. 하지만 나는 바쁜 일상 때문에 단 한 번도 감지하지 못했었다.

"그래! 그동안 시간에 쫓겨 지내느라 옛 시절을 추억할 여유가 없었어."

따스한 봄볕에 부드러운 바람, 그리고 정겨운 추억을 일깨워주는 향기가 참 좋다. 영원히 지워지지 않을 소중한 추억을 나는 한 장면 한 장면 되새김질하며 행복감에 젖는다. 얼마간 그러다가 핸드백에서 휴대폰을 꺼내 든다.

- 터미널 옆 커피숍 말고 찻길 건너 소공원으로 와! 나 지금 공원 벤치에
   앉아서 기다리는 중이야.

약속 장소를 커피숍에서 소공원으로 바꾼다는 문자를 보내놓고 책을 펼친다. 아까 서점에서 제목이 눈에 띄어 고른 예쁜 시집. 친구들에게 선물하려고 한꺼번에 네 권을 사버렸다.

"애들이 이 시집을 좋아할까?"

책을 좋아하는 친구들이 아니었기에 나는 고개를 젓는다. 나도

책을 그다지 좋아하지 않았었다.

벤치 옆으로 녹색 풀밭이 시야에 잡힌다. 시집을 벤치에 내려놓고 풀밭을 찬찬히 훑는다. 네잎 클로버는 역시 쉽게 눈에 띄지 않는다. 어차피 시간도 남았고, 시집에 책갈피처럼 한 개씩 끼워주려고 본격적으로 찾아보기로 한다. 하지만 몸을 일으키려다가 그만둔다. 찻길 옆 공원이라 흙먼지가 풀밭에 두껍게 내려앉아 찾기가 쉽지 않을 것 같다.

다시 시집을 잡는다. 손에 느껴지는 시집의 매끄러운 감촉과 개나리, 진달래, 목련 등 여러 가지 봄꽃을 그린 표지 그림이 마음에 쏙 든다.

"이왕 샀으니까, 몇 편 읽어보자!"

첫 페이지를 펼쳐 시를 읽는다. 「그리움」이라는 제목의 시다. 누구를 향한 그리움일지 제목부터 기대감을 불러일으킨다. 목청을 가다듬고서 느리게 읽는다.

"당신을 보내고 돌아오던 길, 그 모퉁이 목련나무 가지 끝에 불던 바람, 아직도 내 가슴에 꽃망울로 달려 흔들리는데."

사랑하는 사람을 향한 연정시로 쓴 거지만 내겐 조금 다른 의미로 읽힌다. 입술에 침을 바르고서 목소리를 약간 높인다.

"내 운명의 오솔길엔 추억이 떨어져 낙엽으로 쌓이고, 당신을 그리는 목쉰 노랫소리만 가녀리게 흐릅니다."

가슴에 무언가가 잔잔한 파도처럼 와닿는다. 나도 모르게 고개를 끄덕거리며 시를 감상한다.

"당신을 잊으려 헤매이던 밤, 그 먼 하늘 은하 끝에 뜨던 흐릿한 샛별, 아직도 내 영혼에 황촉 불로 피어 타오르는데, 내 세월의 빈 뜨락엔 바람이 불어 별들이 지고."

시를 읽다 보니, 중학교 2학년 때 시 때문에 혼났던 기억이 떠올라 입가에 씁쓰레한 미소를 짓는다.

"그때 참……! 그 시 두 편이 뭐였더라? 헷갈리네."

시는 잘 모르지만, 나는 잠시 눈을 감고 내 가슴을 진동시킨 시의 여운을 조용히 음미한다. 그러나 차량들의 시끄러운 경적 소리가 금세 눈을 뜨게 한다. 거리 소음이 심해 더 이상 시를 읽기가 어려울 것 같다. 나중에 다 읽어보기로 하고 펼쳤던 시집을 덮는다.

나는 지금 누군가를 그리워하며 기다리고 있다. 혹 나타나지 않을지도 모른다는 불안감이 없지 않으나, 그리워하고 기다리는 이 시간이 좋다. 되돌아보니, 어릴 적부터 나는 그리움과 기다림에 익숙해져 있었다. 대부분 슬픈 그리움이었고 우울한 기다림이었다. 하지만 현재는 기쁜 그리움, 행복한 기다림이 되어 가슴이 설렌다. 꼭 와주리라는 믿음을 품고 소중한 내 친구들을 기다리는 것이기에.

"그 애들이 뭐가 그리 좋았는지, 매일 찰떡처럼 붙어 다녔었지. 그리고 '유라큐라', '오이소박이', '장아찌 할머니', '차남구함',

'닌자 너구리', '조위석사', '지옥 여행', '6,000원 아저씨', '예술회관 남중생들' 다 생각나네. 아하하하!"

나는 마음 한편에 맴도는 불안감을 섞어 다소 과장된 웃음을 날린다. 그러자 그 당시 어울렸던 단짝 친구들의 얼굴이 차례차례 떠오른다. 그들 중 특히 한 친구의 얼굴이 나를 더욱 들뜨게 한다.

"그 애가 없었으면, 내 삶은 정상궤도에서 아주 많이 벗어났을 거야. 어쩌면 이미 나는 이 세상 사람이 아니었을 수도 있지!"

감정이 북받쳐 가슴이 뭉클해진다. 그 애가 더욱 그리워진다.

"평생 잊을 수 없는 친구야. 끝까지 내 비밀을 지켜준 의리 있는 친구. 멋지고, 매력 있고, 믿음직하고."

목이 말라서 편의점으로 가 캔 음료를 하나 산다. 그리고 다시 라일락 나무 밑 벤치로 돌아온다. 시간을 확인한다.

"아직도 25분이나 남았네."

음료수를 한 모금씩 마시면서 길 양쪽을 살핀다. 수많은 사람들이 바쁘게 오간다. 누군가를 만나러 가거나 혹은 누군가를 만나러 오는 사람들이겠지.

"아까 보낸 문자 다 봤을 텐데? 직접 전화를 해볼까?"

성급한 마음에 핸드백에서 휴대폰을 꺼낸다.

"아니야. 곧 나타날 거야. 그 애도 꼭 와야 되는데."

나는 휴대폰 앨범을 열어 예전에 함께 찍었던 사진들을 감상한다. 소중한 추억의 순간들을 보니 눈가가 촉촉이 젖는다. 그러다가 큭큭큭 웃기도 한다.

"오! 우리가 마지막으로 찍은 사진이 이거구나!"

파란만장했던 중학교 시절을 끝마치는 졸업식 날, 남성여중 교문 앞에서 찍은 엉거주춤한 자세의 사진. 그 애의 남동생이 찍어준 것이다.

"얼굴들이 하나같이……."

웃음기를 잃은 시무룩한 얼굴들. 피할 수 없는 이별의 서글픔과 앞으로 친구들 없이 혼자 지낼 수 있을까 하는 불안함으로 만들어진 표정이다. 진학한 고등학교가 각각 달라서 우리는 봄바람에 벚꽃잎이 날리듯 뿔뿔이 흩어져야 할 운명이었다.

"나는 군산에 있는 전북외고로 진학했었지. 기숙사가 잘 갖춰진 학교였어! 그 애는 남성여고로 진학했었고."

남성여중에서 같은 학교 재단인 남성여고로 진학한 친구는 그 애 하나뿐이었다.

"인정이는 전주산업정보고로, 은하는 집이 아주 광주로 이사를 해서 경신여고로 갔었지."

그렇게 흩어지면 못 살 것만 같았는데. 각기 흩어져 고등학교 3년을 다니고, 2년제나 4년제 대학을 또 다니고, 각자 바쁘게 직장 생활을 하고. 그러느라 어느새 10년이 훌쩍 지나버린 것이었다.

"지금은 1년에 겨우 서너 차례 전화나 하고. 자주 만나면 좋을 텐데!"

그동안 한둘씩 두어 번 만나기는 했지만, 오늘 이렇게 네 명이 다 모이는 것은 남성여중 졸업 후 10년, 햇수로는 11년 만이다. 고등학교 진학 이후 나는 다른 친구들을 사귀지 못했다. 과도한 경쟁 심리와 라이벌 의식으로 서로가 마음의 문을 굳게 걸어 잠가서 대화조차 어려웠기 때문이었다.

"인정이와 은하는 틀림없이 올 테고. 그 애는……?"

어쩌면 그 애가 나타나지 않을지도 모른다는 불안감이 또다시 싹튼다.

그 애와 간간이 이어지던 연락이 완전히 끊어진 것은 4년 전이었다. 휴대폰 번호가 바뀌었다기에 그 애네 아파트까지 찾아가보았으나 가족 모두 이사를 가고 없었다. 엘리베이터 안에서 만난 어느 아주머니에게 물어보니 주방에 불이 나서 아파트 내부가 많이 타버렸고, 그 때문에 다른 곳으로 떠났다는 이야기를 해주었다. 작년 7월에는 남성여고 총동창회에 사정사정해 그 애 휴대폰 번호를 겨우 알아냈었다. 그 즉시 수십 번 전화를 했으나 통화가 되지 않았다. 신호음은 가는데 전화를 받지 않았고, 수십 통 문자를 보내도 답장이 없었다. 또한 전원이 꺼져 있을 때가 많았다.

"오늘 여기서 만나자고 문자를 보낸 게 한 달 전. 안 오면 어떡하지?"

시간이 흐를수록 자꾸 초조해지며 끔찍한 상상이 머릿속을 가득 채운다.

"심한 화상으로 얼굴이 흉측하게 바뀌어서 연락을 끊은 건가? 요즘은 별별 사고가 다 일어나는 세상인데, 설마 무슨 사고로 죽은 건 아니겠지?"

심지어 그런 생각마저 들며 입 안에 침까지 바짝 마른다. 고개를 세게 흔들어 끔찍스런 상상을 떨어낸다.

"그럴 리가 있겠어? 내가 괜한 생각을……."

나 혼자서 중학교 2학년 시절의 추억에 흠뻑 젖어 있는 중에, 누군가가 내 어깨를 툭 친다.

"어?"

나는 급하게 벤치에서 일어나 뒤를 돌아보자마자 두 눈을 휘둥그렇게 뜬다. 예쁜 아가씨가 함박웃음을 짓고 서 있다.

"인정이구나?"

"혜진아, 오래 기다렸어?"

"아니. 얼마 안 기다렸어. 반갑다!"

우리는 포옹을 한 차례 한 후 벤치에 나란히 앉는다.

나와 인정이는 밀린 이야기를 참새처럼 재잘재잘 나눈다. 그렇게 10분쯤 지났을까. 찻길에서 자동차 경적음이 계속 울린다.

뒤돌아보니 흰색 승용차 한 대가 길옆에 바짝 멈춰 서 있다.

"저 차 왜 저래? 시끄럽게!"

"길을 물어보려는 게 아닐까?"

나는 벤치에서 일어나 승용차로 다가간다. 금발 머리에 검은 선글라스를 낀 세련된 여자가 운전대를 잡고 있다.

"길 물어보시려고요?"

내가 먼저 말을 걸자 여자가 선글라스를 벗는다. 화장이 꽤 짙다.

"너, 혜진이 맞지?"

"예. 그런데 누구……?"

내 이름을 알다니. 나는 눈을 크게 뜬다.

"나 몰라?"

"예. 잘……."

머리를 숙여 좀 더 자세히 살핀다. 그러나 아는 얼굴이 아니다.

"나, 은하야."

"어머! 함은하?"

"그래! 함은하!"

나는 너무 놀라서 벤치에 앉아 있는 인정이를 부른다.

"인정아, 빨리 이리 와봐. 함은하래."

"어머머! 웬일이니?"

인정이가 쪼르르 달려와 은하와 승용차를 번갈아 바라본다.

"은하 같기도 하고, 아닌 것 같기도 하고."

인정이가 고개를 갸웃거린다.

"너 혹시 성형수술 했니?"

"약간! 코 좀 높이고 눈 좀 키웠어! 살도 좀 뺐고."

"어쩐지! 몰라보겠다, 얘! 완전 탤런트 같아."

팔짝팔짝 뛰면서 몹시 부러워하는 인정이. 나도 예쁘장하게 변한 은하의 얼굴을 자꾸 쳐다본다. 마지막으로 만난 지 2년이 채 안 됐는데 인상이 완전 다른 사람이다.

"근데, 은하 네가 어떻게 승용차를 다 끌고 왔어?"

"작년에 운전면허 따자마자 중고로 한 대 샀어. 나, 차 저쪽에 주차해놓고 올게. 기다리고 있어!"

"그래그래! 얼른 주차하고 와."

인정이와 나는 은하의 흰색 액센트 승용차가 터미널 옆 주차장으로 들어갈 때까지 바라본다.

은하가 돌아오자, 거의 2년 만에 다시 만난 우리 셋은 아까보다 더 크게 재잘거리며 밀린 이야기를 나눈다. 오가는 행인들의 시선을 아랑곳하지 않고 큰 소리로 떠들며 깔깔깔 웃는다.

"참! 너희 이빨은 다 이상 없니?"

입을 벌려 웃는 나와 은하를 보고 인정이가 뜬금없이 이빨 얘기를 꺼낸다.

"우리한테까지 너희 치과 홍보하는 거야?"

"홍보가 아니고. 사람은 이빨이 튼튼해야……."

"아이고! 됐어. 난 이빨 튼튼해. 돌도 씹어 먹어!"

인정이는 간호전문대를 졸업하고 현재는 치과 병원 간호사로 근무 중이다. 직업 정신이 투철한 인정이를 보며 나는 미소를 짓고 만다.

"너희, 사랑니는 뽑았어? 맨 안쪽에 마지막으로 나는 어금니!"

"사랑니? 그거 꼭 뽑아야 돼?"

"안 뽑아도 된다던데?"

"누가 그래?"

우리는 사랑니를 두고 뽑아야 된다, 안 뽑아도 된다, 말싸움을 벌인다.

"사랑니 안 뽑으면 구취가 나고 염증도 생기고 합병증을 일으킬 수도 있어."

"인정아, 겁주지 마! 그래도 난 안 뽑을 거야."

"그런데, 그 어금니를 왜 사랑니라고 그러는 거니?"

평소에도 궁금했던 것이라서 나는 치과 간호사인 인정이를 만난 김에 묻는다.

"사랑니는 사랑을 느낄 만한 나이인 10대 후반에서 20대 초반에 나오는 이라고 해서 붙여진 이름이래!"

"그러면? 사랑니가 안 나면 사랑을 못 느끼는 거니?"

은하가 퉁명스럽게 쏘아붙인다.

"그건 아니고. 사랑니를 안 뽑으면……."

"아, 사랑니 얘기 그만해! 혜진아, 네 손톱 좀 살펴보자!"

이번에는 은하가 갑자기 내 손을 잡더니 손톱을 하나하나 살핀다.

"너, 손톱 관리 좀 해야 되겠다."

자기 핸드백에서 도구 세트를 꺼낸 은하가 내 손톱을 다듬기 시작한다.

"화장품 숍에서 일한다더니 직업을 바꾼 거야?"

"응! 화장품 숍 그만두고, 지금은 내가 직접 네일 숍을 차렸어. 나, 네일 아티스트야! 자격증도 있어."

당당하게 말한 은하가 자기 손을 쭉 펴서 손톱을 보여준다. 형형색색, 알록달록, 번쩍번쩍한 게 눈이 다 부시다.

"그래? 잘돼?"

"짱 잘돼! 손톱, 발톱, 발 마사지, 속눈썹까지 하는데, 알바생 세 명 써."

"와! 그럼 사장님이네?"

인정이와 나는 은하를 부러워하며 이것저것 다 물어본다.

"내가 붙이고 있는 속눈썹이 프랑스에서 직수입한 건데, 8만 원이야."

"뭐? 속눈썹이 8만 원?"

처음 듣는 소리라 나는 입을 쩍 벌린다. 믿어지지 않는다.

"이게 천연모라고, 진짜 사람 털로 만든 거거든. 속눈썹 값은 6만 원이고, 여기에 러시안 볼륨을 하면 8만 원이 되는 거야."

"러시안 볼륨은 또 뭐야?"

"속눈썹에 털을 더 붙여서 풍성하고 길게 하는 거지!"

은하가 두 눈을 느리게 깜빡거리면서 속눈썹 자랑을 한다. 정말로 속눈썹이 길고 풍성한 게 꼭 낙타 눈썹 같다.

"비싸서 그렇지, 예쁘기는 하다!"

은하의 속눈썹을 자세히 살피면서 인정이가 관심을 나타낸다.

"나한테 하면 20퍼센트 디스카운트해줄게."

"정말?"

"그럼! 설마 내가 친구한테 거짓말을 하겠니?"

은하와 인정이는 속눈썹 값 흥정을 하면서 티격태격한다. 그러나 나는 오직 그 애만을 손꼽아 기다린다. 그 애는 좀체 나타나지 않는다. 초조함과 불안함에 자꾸 침이 마른다.

"약속 시간이 20분이나 지났는데, 안 오네! 전화도 안 오고."

"걔는 몇 년 동안 연락도 안 되고. 어떻게 된 건지 원! 결혼해서 다른 나라로 이민 갔나?"

"그러면 우리끼리 가자! 걔 안 올 거 같아."

"아니야. 10분만 더 기다려보고."

그만 출발하자는 은하와 인정이를 달래놓고 나는 다시 터미널 쪽에 시선을 고정시킨다. 꼭 와야 돼, 꼭! 간절함에 눈물이

서려 시야가 뿌옇게 변한다. 짙은 안개가 내 몸을 에워싸는 듯
한 착각이 들더니, 그 애와 함께했던 중2 시절의 추억 속으로 깊
숙이 빨려 들어간다.

맨 뒷자리

"여기가 불편해? 싫어?"

"……!"

"사촌 동생들이랑 지내는 게 뭐가 불편해?"

"……!"

작은고모의 물음에 나는 아무 대답 없이 침묵을 지켰다. 뭐라 할 말이 없었다.

"너, 성격도 참 이상하다."

"……!"

"그러면 어떡하니? 방이라곤 달랑 두 개뿐인데. 안방에서 고모, 고모부랑 지낼 수도 없고. 그렇다고 거실에서 지내라고 할 수도 없고."

작은고모는 아주 난감하다는 표정을 지었다. 간간이 얼굴을 찡그리며 긴 한숨을 내뱉기도 했다.

"그렇다고 방을 하나 따로 얻어줄 형편은 더욱 안 되고. 후유!"

초등학교 3학년과 2학년짜리 고종사촌 두 명은 나와 함께 살게 되었다고 매우 좋아했다. 그러나 나는 조금도 좋지 않았다.

"어쩌면 좋니? 응? 오빠도 참, 왜 그렇게 일찍 죽어가지고."

얼마간 그러던 작은고모가 휴대폰을 들어 어딘가로 전화를 걸었다.

"언니! 아까 올케가 혜진이를 우리 집에 데려다놓고 갔는데, 어떡하면 좋지?"

큰고모였다. 덕적도에 사는 큰고모와 통화를 하는 것이었다. 둘이서 주고받는 목소리가 내 귀에 고스란히 들렸다.

"저번에 장례식 날 그런 소릴 하더니만, 정말 걔를 너한테 데려갔구나?"

"응! 나도 그냥 해보는 말인 줄 알았는데, 정말 데리고 왔지 뭐야!"

아버지 장례식 날 엄마가 나 몰래 고모들에게 그런 말을 한 모양이었다. 그날 나는 아버지 영정 사진을 들고 장의차 맨 앞자리에 앉아 있었다. 이상하게도 눈물이 나오지 않았다. 소복 차림의 엄마도 마찬가지였다. 멍한 표정으로 이따금 긴 한숨만 내쉴 뿐이었다.

"그럼 올케는 어디로 간다던?"

"몰라. 그냥 멀리 떠난다고 그러더라고. 언니도 애를 맡을 형편이 못 되지?"

나는 큰고모가 어떤 대답을 할지 귀를 바짝 기울였다. 작은고모보다는 큰고모를 더 많이 만났었고, 덕적도 큰고모네 집에 몇 번 놀러 간 적도 있기 때문이었다.

"그렇지! 나는 애들이 셋에 시아버지, 시어머니, 시동생까지 있잖아? 내가 맡으면 좋겠지만."

"으음! 그러면 어쩔 수 없이 내가 맡아야겠네. 그런데, 우리 애들이랑 한방을 쓰라니까 얘가 싫다네!"

그 말을 하면서 작은고모가 나를 힐끔 쳐다봤다. 무슨 처치 곤란한 물건을 보듯 다소 건조한 눈빛에는 짜증기가 섞여 있었다.

"처음엔 어색하니까 그러겠지! 근데 올케가 돈이라도 좀 주고 갔니?"

"돈은 무슨 돈? 오빠 병원비로 재산 다 날리고 오히려 빚을 많이 졌다는데."

"아마 그럴 거야. 6년이나 병원에 입원해 있었으니."

"아무튼 알았어, 언니! 일단 얘는 내가 데리고 있어볼게."

고모들한테까지 골칫거리가 되어버린 나. 나는 더 이상 세상을 살기 싫었다. 생각하면 할수록 일찍 죽은 아버지가 원망스러웠다. 나는 모든 것이 아버지 때문이라 단정하고 피가 맺히도록 아랫입술을 깨물었다.

오랜 투병 끝에 아버지가 죽자, 엄마는 아버지 유골을 예산 무한천에 뿌린 뒤 나를 작은고모에게 떠맡기고 홀쩍 떠나버렸다. 자리가 잡히는 대로 널 데리러 올게. 말은 그렇게 했지만, 나는 그것이 거짓말이라는 걸 직감적으로 알아챘다. 아버지 병수발에 지친 엄마는 이미 훨씬 전부터 떠날 준비를 해왔었다. 그런 엄마를 나는 조마조마하게 지켜봤다. 엄마, 가지 말라고. 가려면 나를 데리고 가라고. 그런 말조차 하지 못한 채 그저 묵묵히 바라볼 수밖에 없었다.

"그러면 너, 우리 공장에 창고방이 하나 있는데, 거기서 혼자 지낼래?"

"공장 창고방이요?"

듣던 중 반가운 소리라 귀가 번쩍 뜨이고 동공이 커졌다. 누구랑 함께, 특히 어른이랑 함께 사는 건 소름이 돋도록 싫었다.

"응! 우리 공장 구석에 조그마한 방이 하나 있어. 거기 깨끗이 치우면 충분히 살 수 있어. 밥은 할 줄 알지?"

"할 줄 알아요."

엄마 대신 밥 짓고, 국 끓이고, 빨래까지 했던 나는 살림에 이미 꽤 숙달되어 있었다. 심심풀이로 김밥이나 볶음밥을 요리해 먹기도 했었다.

"반찬은 고모가 출근하면서 가져다줄게. 어때?"

"좋아요!"

"그럼 지금 가보자!"

고모와 고모부가 경영하는 침구 공장은 고모네 아파트에서 상당히 떨어진 거리에 있었다. 고모의 소형 승용차로 30분이나 걸렸다. 가까이 있지 않고 멀리 떨어져 있다는 점도 마음에 들었다.

"이 건물 지하야, 내려가자!"

가파른 계단을 내려가니 미싱 여섯 대가 두 줄로 놓여 있는 공장이 나왔다. 누비 이불을 만드는 곳이었다. 그 공장 한쪽 구석에 대충 들인 창고방이 껌딱지처럼 붙어 있었다.

"네가 방 좀 치우고 있어! 고모는 나가서 옷장하고 침대, 책상을 구해올게. 가스버너하고 식기류도 몇 개 사고."

온갖 잡스러운 물건들을 치운 후, 고모가 사서 배달시킨 중고 가구를 들여놓으니 제법 방다워졌다.

"어때? 그럴듯하지?"

"예? 예!"

"마음에 들어?"

"음! 예!"

사실은 마음에 들지 않았다. 햇볕도 들지 않고, 비좁은 데다가 곰팡이가 핀 벽지에서 퀴퀴한 냄새가 풍겨 머리가 아팠다.

어차피 오래 있지 않을 곳. 아무려면 어때. 기회가 되면 아주 멀리 도망을 칠 건데. 나는 속으로 그런 생각을 하며 건성건성 대답했다.

"옹색하긴 해도 혼자서는 살 만해. 방 밖에 저 간이 부엌도 쓸 만하지?"

"예!"

"전기장판을 사서 침대 위에 깔아줄 테니, 너무 세게 틀지 마! 위험하니까. 저 위 창문을 자주 열어서 환기를 시키고."

천장 바로 밑에 달린 길쭉한 창문으로 조립담장 일부가 보였다. 흙먼지가 묻어 창문 유리가 희뿌옇고, 거미줄까지 겹겹이 쳐져 다행히 밖에서 방 안을 볼 수는 없을 것 같았다. 일부러 머리를 숙이고 눈을 들이댄 자세로 들여다본다면 몰라도.

"그럼 오늘하고 내일 여기서 한번 혼자 밥해 먹어봐! 안 될 것 같으면 고모 집으로 들어오고."

"예!"

"그래. 모레 월요일에는 고모랑 학교 가서 전학 수속 밟자. 저 위 공장 출입문 단속 잘하고."

월요일. 전학 수속을 마친 나는 남성여중 2학년 4반에 배정되었다. 2분단 맨 뒷자리에 혼자 앉는 좌석. 모든 게 낯설고 어색해 가뜩이나 위축되어 있던 내 마음은 더욱 쪼그라들고 말았다.

지하실 방에서 나와 학교로, 학교에서 나가 지하실 방으로. 그
렇게 기계처럼 오고 가는 하루하루가 몹시 지루하고도 지겨웠
다. 밤마다 엄마에게 전화를 했으나 받지 않았다. 문자를 보내
도 답장이 없었다.

심리적으로 도무지 안정되지 않아 점점 검게 변해가고 있는
내 미래를 상상하며 매일매일 절망감에 빠져 지냈다. '일찌감치
빨간불이 켜진 내 인생. 굳이 학교를 다녀야 하나. 공부가 내게
무슨 소용이 있을까. 어디로든 가야만 해. 아니면 죽어버리든
지.' 내 머릿속에는 그런 부정적인 생각만 가득 차 공부는 물론
다른 것들을 돌아볼 틈이 없었다.

그 때문에 나는 아이들과 전혀 어울리지 못하고 대부분의 시
간을 책상에 엎드려서 눈을 감고 있거나, 아니면 멍하니 창밖만
바라보며 지냈다. 되도록 학교에는 늦게 갔다가 일찍 나오려고
애를 썼다. 당연히 수업은 받는 둥 마는 둥 했고 특별 활동 또한
일절 참여하지 않았다. 누가 나에게 말을 거는 걸 싫어했고 나
또한 남에게 말을 걸길 꺼렸다.

"아, 신경질 나!"

시도 때도 없이 불쑥불쑥 치솟는 울분을 주체하지 못해 집에
서는 베개를 벽에 집어 던지기도 했고, 학교에서는 실내화를 벗
어 책상에 내리치기도 했었다. 현실에 대한 불만과 엄마에 대한
원망, 그리고 알 수 없는 반항심이 내부에서 활화산처럼 끓어올

라 폭발하기 일보 직전이었다. 반 아이들도 그런 나를 눈치채고 아무도 내게 말을 붙이지 않았다.

늘 찡그린 얼굴에 날카로운 눈빛을 뿜어대는 나를 아이들은 개똥 피하듯 멀리했다. 그러고는 뒤에서 손가락질과 험담을 해 댔다.

"뭐 저런 게 다 있냐? 쪼그마한 것이."

"지가 대전에서 전학 왔으면 왔지, 인상 팍팍 쓰며 눈깔에 힘만 주면 다야?"

"대전에서 개판으로 놀다가 퇴학 직전에 우리 학교로 전학을 왔다더라."

"어쩐지! 노는 꼴이 개 같다 했더니. 흥!"

그러는 아이들을 나는 잡아먹을 듯 노려보았고, 여차하면 실컷 두드려 팬 후 멀리 도망을 치리라 각오하고 있었다.

전학 온 지 열흘쯤 지난 어느 날이었다.

"아이씨! 까딱하면 지각하겠네. 뛰자!"

그날도 늦게 일어난 나는 지각 직전의 아슬아슬한 시간에 학교에 도착했다. 교실로 헐레벌떡 뛰어 들어가 내 자리에 앉자마자 시작종이 울렸다.

"휴, 덥다, 더워!"

3월 하순인데도 뛰어오느라 몸에 땀이 났다. 노트를 꺼내 신경질적으로 부채질을 해댔으나 더위가 좀체 가시지 않았다.

"아, 짜증!"

매사에 짜증이 나고 공연히 분노가 치솟았다. 나도 나 자신을 통제할 수가 없었다.

1교시와 2교시가 지루하게 지나가고 3교시가 시작되기 전이었다.

"까악! 피 말리는 시간이야!"

"끄악! 큰일 났다!"

몇몇 아이가 까마귀 울음소리를 냈다. 책가방을 뒤지던 나는 가슴이 덜컹하며 심장이 마구 뛰었다. 3교시 사회 시간. 성이 유씨에 서구적 얼굴, 차가운 인상, 웃을 때 살짝 드러나는 송곳니 때문에 유라큐라라는 별명이 붙은 사회 선생은 성격이 아주 까다로웠다. 저번 주에 복습을 안 해왔다는 이유로 심한 꾸중을 듣던 어느 애의 모습이 또렷이 떠올랐다.

나는 복습은커녕 교과서 자체를 안 가져왔으니, 앞으로 불려나가 과도한 힐책은 물론 참기 힘든 모욕을 당할 게 뻔했다.

"어쩌지?"

아무리 찾아봐도 책가방 속에 사회 교과서는 없었다. 수업 시간은 점점 다가오고 교과서는 없고. 큰일이었다. 이마에 식은땀이 나고 입 안이 바짝바짝 말랐다.

"끄음!"

잠시 망설이던 나는 책상 위에 꺼내놓았던 노트와 필기구를 도로 가방에 쑤셔 넣었다. 사회 수업이 시작되기 전에 교실을 나가기로 결심한 것이다. 아니, 학교를 아주 때려치우고 서울로 가볼 작정이었다. 어차피 억지로 나와서 앉아 있다가 집으로 되돌아가기를 반복하는 학교에는 눈곱만큼의 정도 미련도 없었다. 훌쩍 떠나면 그만이었다. 아예 세상을 떠날 수도 있었다. 내가 사라져도 아무도 나를 찾지 않을 것임을 나는 잘 알고 있었다.

책가방 끈을 움켜잡고 막 일어서려는 순간이었다.

"너, 교과서 안 가져왔구나?"

내가 부산을 피우자 우측으로 한 분단 건너 4분단에 앉은 한 아이가 물었다. 나는 대답을 않고 네가 뭔 상관이냐는 눈빛으로 쏘아보았다. 그러자 그 아이가 자기 교과서를 나한테 던져주었다.

"자, 내 거 봐!"

공중으로 3미터를 날아온 교과서를 얼떨결에 받았다. 그래놓고 나는 그 아이에게 싸늘한 눈빛으로 말했다. 굳이 이런 값싼 친절을 베풀지 않아도 돼. 사실 그동안 그 아이가 두어 번 말을 걸었으나 완전히 무시하고 대답도 하지 않았었다. 그 누구와도 어울리고 싶지 않았기 때문이었다.

갈등이 일었다. 교과서를 받았으니 자리에 그냥 앉아 있을 건지, 거부하고 일어나 교실 밖으로 나갈 건지. 쉽게 결정을 내릴 수가 없었다. 그러는 참에 사회 담당 선생이 들어왔다.

"출석을 부를 테니, 대답 크게 해!"

사회 선생은 평소대로 출석을 부른 후 교실을 돌며 학습 준비 상태를 점검했다. 1분단 앞쪽에서부터였다. 1분단이 끝나면 곧바로 내가 앉아 있는 2분단 뒤에서 앞으로 다시 훑어갈 것이었다.

나는 차츰차츰 다가오는 사회 선생의 발자국 소리를 헤아리며 얌전히 앉아 있었다. 아무 일도 없었던 듯 시치미를 뚝 떼고 앉아 내게 교과서를 던져준 그 아이를 힐끔거렸다. 쟤는 어떡하려고 나한테 자기 책을 던져준 걸까. 조금 이따가 사회 선생이 자기 앞으로 가면 어떤 표정을 지을까. 사실 그 애를 걱정하기보다는, 까탈스러운 담당 선생의 점검을 무슨 수로 피할 것인지가 매우 궁금했다. 비겁한 행동이었다. 그러나 호기심이 너무 커 나는 그 아이의 대처 방법을 확인하고 싶었다. 그 애만의 비법이 있는지도 몰랐다.

마침내 큰 키에 마른 체형, 차가운 인상의 사회 선생이 내 옆으로 와서 나를 내려다보았다. 곧 복습 내용에 대해 한두 가지 물어볼 것이었다. 금방이라도 목을 물려 피를 다 빨릴 것 같은 느낌이 들며 심장이 터질 듯 뛰었다.

"야! 너는 용모 좀 단정히 하고 다녀라!"

"……!"

"머리 좀 자주 감고. 치마도 좀 빨아 입고."

부끄럽게 나의 용모만 지적하고 난 사회 선생 유라큐라가 2분단을 점검하며 앞쪽으로 얼마큼 갔을 때, 그 아이가 작은 목소리로 니를 불렀다.

"야, 남혜진!"

"……?"

"남혜진! 이젠 내 책 돌려줘, 얼른!"

사회 선생의 눈을 피해서 자기한테 교과서를 던져달라는 것이었다. 아주 간단한 방법이었다.

"아!"

그제야 알아차린 나는 그 아이를 향해 교과서를 획 던졌다. 그 아이가 교과서를 받은 후 손가락을 펴 V자를 만들어 보이며 씨익 웃었다. 나도 씨익 웃었다. 그 아이가 나에게 도움을 준 첫 아이, 내 이름을 불러준 첫 번째 아이였기에 나는 기분이 몹시 좋았다.

그 일을 계기로 나는 그 아이 구세주와 점점 친해졌고, 세주를 통해서 다른 아이들을 소개받았다. 차인정과 함은하였다.

4월 하순 화요일. 시계를 보니 벌써 7시 40분. 나는 서둘러 밥상을 치우고 책가방을 챙겨 지하 공장을 나섰다. 골목길에는 등교하는 아이들이 여기저기 많이 눈에 띄었다. 약촌오거리를 건너서 오리온 공장을 돌고, 주유소를 거쳐 혜성교회 앞에 다다랐다. 아무도 없었다.

"오늘도 내가 제일 먼저 왔네!"

늘 먼저 와서 친구들을 기다려왔기에 나는 익숙하게 전봇대 옆에 자리를 잡고 서서 고개를 치켜들었다. 그러고는 교회 지붕 뽀족탑 위에 세워진 십자가를 바라보았다.

"역시 두 마리구나."

어김없이 산비둘기 두 마리가 십자가에 나란히 앉아 있었다. 이 시간에 새끼들에게 줄 먹이 사냥을 나오는 건지, 벌써 며칠째 보는 산비둘기였다.

– 산비둘기 부부는 꼭 둘이 함께 다닌대.
– 산비둘기가 그렇게 금실이 좋아?
– 그렇다는 거야.

공장에서 일하는 아줌마들이 나누던 말을 들은 적이 있기에 유심히 비둘기를 살폈다. 정말로 산비둘기 부부는 사이가 좋았다. 둘이 바짝 붙어 앉아 서로 부리를 비비고 날갯죽지를 헤집기도 하다가 동시에 날아 같은 방향으로 가버렸다. 엄마와 아버지도 사이가 나쁜 건 아니었다. 아버지가 오랫동안 병상에 누워 있어서 그렇지, 둘이서 싸우는 걸 본 기억은 없었다.

조그마한 개척교회인 혜성교회는 늘 조용했다. 나는 교회나 십자가 하면 생각나는 게 「최후의 만찬」 단 하나였다. 전학 오기

전 대전 도마2동에 살 때, 하굣길에 어느 아줌마가 꼭 읽어보고 예수님의 은혜를 빌으라며 건네준 전도지 한 장. 그 전도지 표지에 다빈치가 그렸다는 「최후의 만찬」이 인쇄되어 있었다. 예수가 십자가에 못이 박혀 죽기 전에 열두 제자들과 함께했다는 저녁 식사. 나는 그 전도지를 열두 번이나 읽었었다. 그러면 아버지 병이 나을 거라고 생각해서였다.

"혜진아!"

나를 부르는 소리에 돌아보니 골목에서 인정이가 나왔다. 인정이는 눈이 크고 예뻤다.

"차인정, 빨리 좀 와!"

"아직 시간 널널한데 뭐!"

"나, 한참 기다렸단 말이야."

"그럼 네가 좀 늦게 나오면 되지! 어, 저기 세주 온다."

아래쪽 길 편의점 앞에 나타난 세주가 느릿느릿 걸어오고 있었다. 나는 답답해서 크게 소리쳤다.

"구세주, 좀 뛰어와라!"

세주가 알아듣고 더 큰 목소리로 대답했다.

"뛰긴 뭘 뛰어? 아침부터 땀 낼 일 있니?"

느긋하게 걸어온 세주가 위쪽 길로 시선을 옮기며 물었다. 코가 오뚝하고 바른 세주였다.

"은하는 왜 여태 안 오는 거야?"

"늦잠 잤나 보지 뭐. 내가 전화해볼게."

휴대폰으로 전화를 하려는 참에 위쪽 길 삼계탕집 앞에 은하 모습이 보였다.

"은하야, 오늘 너 꼴찌야. 인디안밥 사야 돼!"

"알았어. 살게!"

인디안밥 과자가 우리의 인기 간식거리였다. 한 봉씩 뜯어서 누가 빨리 먹나 시합을 하기도 했다.

"딱 한 봉만 살 거야."

하얀 얼굴에 입술이 도톰한 게 특징인 은하가 성큼성큼 걸어왔다.

혜성교회 앞에서 만난 우리는 소라산 오솔길로 들어서서 학교로 향했다. 야트막한 동산인 소라산을 가로지르면 최소 20분은 단축할 수 있었다. 게다가 학교 뒷담 밑으로 들어가기에 교문에 버티고 서 있는 선도부 선배나 학생부 선생을 피할 수도 있었다. 일석이조였다.

"어머! 이런 꽃도 피었네! 보라색이 참 예쁘다."

"이건 제비꽃이야. 오랑캐꽃이라고도 하고."

"오랑캐꽃? 이름도 참 괴상하다! 왜 하필 오랑캐꽃이야?"

제비꽃 하나를 뜯어 들며 내가 물었다. 인정이가 초등학교 때 들었다며 설명을 했다.

"옛날에 우리나라에 이 제비꽃이 피어날 무렵마다 오랑캐들이 쳐들어와서 그런 별명이 붙었대."

소라산에 가득 피어 있는 각종 야생화가 그렇게 우리의 발목을 종종 잡았다.

오래된 무덤이 세 개 있는 곳에서 잠시 쉬며 숨을 돌린 후, 우리는 다소 경사가 급하고 소나무가 우거진 곳으로 들어섰다. 그곳은 오솔길이 아닌, 우리만 다니는 비밀길이었다. 허리를 굽히고 몸을 낮춘 자세로 비밀길을 다 내려간 우리는 이내 소라산을 벗어났다. 그러자마자 포장된 차로를 건너 키 작은 사철나무가 빽빽한 학교 뒤 담장으로 접근했다.

"제일 날씬한 혜진이가 먼저 들어가서 책가방을 받아!"

"알았어!"

나는 능숙하게 사철나무를 헤쳐 벽돌담 밑에 뚫린 개구멍으로 머리를 들이밀었다.

"아오! 구멍을 좀 더 키워야겠어!"

그동안 우리가 벽돌을 꽤 뜯어내기는 했으나 개구멍은 그다지 크지 않았다. 나는 몸을 잔뜩 움츠린 자세로 어깨와 엉덩이를 통과시켜 학교 안으로 들어갔다. 안쪽에도 사철나무가 울창해 들킬 염려는 없었다.

"다음은 나야."

나와 비슷한 체격인 세주가 어렵지 않게 들어오고, 인정이가 조금 힘겹게 들어왔다. 문제는 은하였다. 우리 중에 체격이 가장 큰 은하는 시간이 좀 걸렸다.

"벽돌 두 개만 더 빼내자!"

은하가 맨손으로 벽돌을 잡았다.

"은하야, 안 돼! 지난번에 해봤잖아?"

"벽돌은 꿈쩍도 안 해! 잘못하면 담장이 무너진다고."

"그래. 차라리 네가 살을 빼는 게 쉬워!"

"내가 무슨 살이 쪘다고 그래?"

머리만 들이민 은하가 눈을 매섭게 흘겼다. 살 빼라는 인정이의 말에 화가 난 모양이었다.

"은하 살찐 건 아냐. 이 개구멍이 작은 거지!"

둘이 싸울까 봐 내가 얼른 수습했다. 은하가 고맙다며 씨익 웃었다.

"어깨를 더 좁히고 조금씩 들어와 봐!"

"알았어!"

낑낑거리면서 어깨를 통과시켰으나 엉덩이에서 걸리고 말았다. 아무리 힘을 써도 요지부동이었다.

"이거, 군인들이 훈련받는 거 같다. 낮은 포복이라나 뭐라나?"

세주가 개구멍에 끼어 있는 은하를 내려다보며 킥킥거렸다.

"웃지 말고 어떻게 좀 해줘!"

"너 속에 옷 껴입고 온 거 아니니? 오늘은 더 심하게 끼었다."

"장난하지 말고."

나하고 세주는 은하의 팔 한 짝씩을 잡고 안으로 끌어당겼다.

"어? 된다, 돼!"

"더 세게 당겨!"

"아아아! 팔 빠지겠어. 살살해!"

"쉿! 조용히! 아파도 참아야 돼!"

3분이나 힘을 쓴 다음에야 은하의 몸이 간신히 학교 안으로 들어왔다. 얼마나 힘들었는지, 마치 성교육 시간에 동영상으로 본 임신부의 출산 고통 같았다. 아무래도 은하는 살을 좀 빼는 게 나을 듯싶었다.

오이소박이

"얼굴을 넣는 게 낫지 않아?"

"얼굴보다는 손바닥이 좋아!"

"손바닥? 웬 손바닥?"

뜬금없는 말에 우리 시선이 인정이한테로 쏠렸다.

"고등학생 언니들이 손바닥을 했는데 괜찮더라!"

"에이! 차라리 발바닥을 하는 게 낫겠다."

"혓바닥을 내밀지!"

세주가 핀잔을 주고 은하도 반대하자 인정이가 콧방귀를 뀌었다. 내가 의견을 제시했다.

"그러면 그냥 자연스럽게 서서 양손 손가락으로 하트를 만드는 건 어때?"

"오! 그게 좋겠다. 귀엽게 웃으면서."

마침내 우리는 합의를 봤다. 20분이 넘게 논쟁을 벌인 끝이었다.

"아저씨, 이제 찍어주세요."

"그래. 저기 나란히 붙어 서."

지시대로 우리는 나란히 붙어 섰다.

"자연스럽게 웃는 표정으로 하트를 만들고."

우리는 각자 두 손을 펴 가슴 높이에서 하트 모양을 만들었다. 그와 동시에 귀엽게 웃는 표정을 지었다.

"좋아! 찍는다. 하나, 둘, 셋!"

사진을 찍고 나서 곧바로 인쇄에 들어갔다. 잠시 후 우리 사진이 박힌 티셔츠가 기계에서 한 장 한 장 완성되어 나왔다.

"와! 멋지다! 표정도 좋고, 포즈도 좋고!"

"정말 잘 나왔다!"

"혜진이가 제일 예쁘게 나왔네."

"입어보자!"

단체 티셔츠를 입은 우리는 매우 흡족해하며 서로의 모습을 거듭거듭 살펴보았다. 똑같은 티셔츠를 입었다는 것 하나만으로 피를 나눈 친자매가 된 기분이었다.

"얘들아, 우리 단체 티셔츠 해 입은 기념으로 노래방 가자!"

"노래방 좋지, 가자!"

노래방으로 우르르 몰려간 우리는 고삐 풀린 망아지처럼 신나게 뛰어놀았다. 차례차례 노래를 부르고, 함께 합창을 하면서 춤을 추기도 했다.

"혜진아, 너도 한 곡 불러봐!"

잠시 쉬는 시간에 음료수로 목을 축인 은하가 내 옆구리를 툭 쳤다.

"그래. 너는 노래는 안 하고 탬버린만 죽어라 흔들었잖아?"

"나는 아는 노래가 없어!"

정말 나는 아는 노래가 없었다. 노래방에 간 것도 처음이었다. 자꾸 손사래를 치자 세주가 마이크를 넘겨주었다.

"아무 노래나 한 곡 불러! 자!"

얼떨결에 받아들었다. 그러나 진짜로 아는 노래가 없어서 난감하기만 했다. 그러고 보니 나는 할 줄 아는 게 없었다. 노래도 못하고, 운동도 못하고, 공부도 못하고. 기가 죽어 어깨가 움츠러들었다.

"유행곡이 아니래도 괜찮아. 빨랑 불러봐!"

"너 때문에 분위기 깨지잖아? 동요라도 한 곡 불러! 아님 애국가라도."

은하와 인정이가 얄밉도록 다그쳤다. 나는 고민 끝에 노래 한 곡을 떠올렸다.

"옛날에 초등학교 3학년 땐가? 그때 텔레비전 보고 몇 번 따라 불렀던 노랜데."

"그래. 그거 불러봐! 노래 제목이 뭐야?"

세주가 두꺼운 노래 목록 책을 들고 물었다. 내 노래를 기필코 들어보겠다는 각오였다. 나는 기억을 더듬었다. 그 당시, 내가 그 노래를 어설프게 따라부르자 엄마가 옆에서 함께 불러줬었다.

"그게, 만화 영화 주제곡인데, 미래소년······."

"아아! 「미래소년 코난」? 그 노래 끝내주지!"

능숙하게 책을 넘겨 노래 번호를 확인한 세주가 기계에 번호를 입력했다.

"자, 혜진인 나와서 부를 준비하고, 너희들도 여기 와서 붙어!"

"좋아!"

모니터에 배경화면이 뜨고 전주가 흘러나오면서 노래 가사가 자막으로 나타났다. 나는 자막을 쳐다보며 노래를 부르기 시작했다. 자신이 없기에 속으로 기어드는 목소리였다.

"푸른 바다 저 멀리~ 새 희망이 넘실거린다~ 하늘 높이 하늘 높이 뭉게꿈이 피어난다~."

"더 크게! 더 크게!"

"여기 다시 태어난~ 지구가 눈을 뜬다 새벽을 연다~ 헤엄쳐라 거친 파도 헤치고~ 달려라 땅을 힘껏 박차고~."

"잘한다!"

"혜진이 최고!"

친구들이 추임새를 넣어주었다. 그에 힘을 얻어 내 목소리가 점점 커져갔다. 모니터 화면에는 엄마 얼굴이 희미하게 나타나 있었다.

"아름다운 대지는 우리의 고향~ 달려라 코난 미래소년 코난 우리들의 코~난~."

리듬이 경쾌하고 신이 나서 세주, 은하, 인정이도 즉시 함께 불러줬다. 단순히 노래만 따라 부르는 게 아니라 별별 우스운 동작을 다 해 보였다. 머리를 미친 듯이 흔들다가, 이마를 찰싹 붙인 채 서로의 눈을 들여다보면서 우아하게 블루스 춤 흉내도 냈다. 그뿐이 아니었다. 서로 등을 맞대고 앉았다가 일어나기를 반복하는가 싶더니, 엉덩이를 과장스럽게 씰룩이며 울라! 울라! 짱구 춤도 추었다. 급기야는 휴지통을 들어 북처럼 두드리며 아프리카 토인 춤 흉내를 내기도 했다.

세주와 은하는 손발이 아주 척척 맞았다. 그야말로 환상적인 콤비로 유명 개그맨 뺨을 쳤다. 나는 하도 웃어서 허리가 부러지기 일보 직전이었다. 허파도 터지려 하고 배꼽도 대롱거렸다.

"헤엄쳐라 거친 파도 헤치고~ 달려라 땅을 힘껏 박차고~ 아름다운 대지는 우리의 고향 달려라 코난 미래소년 코난 우리들의 코~난~."

"와아! 짝짝짝!"

"앵콜! 앵콜!"

"노래 잘하면서 왜 그렇게 뺀 거야?"

"잘하기는 뭘 잘해? 너희가 도와줘서 겨우 부른 거지! 아하하하!"

노래를 마치고 나서도 나는 배를 움켜잡고 웃느라 숨을 쉬지 못했다. 이렇게 웃어보기는 너무너무 오랜만이었다. 내 입가에서 웃음이 완전히 사라진 건 초등학교 2학년 1학기 때, 아버지가 병원에 입원하던 날부터였다.

"아직 시간 남았으니까 더 놀자."

"그래. 이왕 왔으니 스트레스 다 풀고 가야지."

분위기에 취한 우리는 탬버린을 흔들고 휴지통을 두드리며 목청을 높였다. 자신감이 붙은 나도 흥이 올라 얼굴이 벌게지도록 열창을 했다. 넷이 꼬리에 꼬리를 물고 인디언 춤을 흉내 내기도 했다. 노래 방식도 자연스럽게 바뀌어 마치 모내기할 때 부르는 노동요처럼 되어버렸다. 나와 세주가 가사 한 소절을 부르면 은하와 인정이가 후렴구를 메기는 형식이었다.

그렇게 우리는 세상모르고 한참을 어울려 놀다가 목이 컬컬해져서야 마무리를 했다. 온몸에 땀이 흐르고 뼈마디가 풀려 문어처럼 흐느적거릴 정도였다. 우리는 소파에 퍼질러 앉아 더위먹은 개처럼 헐떡거렸다. 그러면서 우정을 다지고 결속력을 강화시켰다. 나는 친구를 사귀어본 경험이 없었기에 그 모든 게 재미있었고 자랑스러웠다. 그리고 나를 끼워준 친구들이 너무도 고마웠다.

"자, 이제 나가자!"

노래방에서 나와 횡단보도를 건너려 할 때였다.

"어? 저기!"

갑자기 인정이가 건너편을 가리키며 소리쳤다.

"왜 그래?"

"저기 쟤들!"

우리는 그 자리에 멈춰 서서 찻길 건너편 중앙시장 입구를 살펴
보았다.

"재수 없는 것들!"

"오이소박이 쟤잖아?"

"오이소박이?"

내가 은하에게 물었다.

"응! 우린 쟤네를 그렇게 불러!"

"그게 무슨 말이야?"

"저것들 별명이지 뭐!"

다섯 명 중 두어 명은 나도 학교에서 몇 번 보았던 애들이었
다. 얻어들은 소문도 몇 가지 있었다.

"다른 애들이 쟤들 무서워하는 것 같던데, 쟤넨 저렇게 몰려
다니는구나?"

"그럼! 몰려다니면서 자기네 세력을 과시하는 거지!"

"그런데 지금 저기서 뭐 하는 거야?"

"글쎄?"

그들 다섯 명은 자그마한 할머니 한 명을 둘러싸고 이야기를 하고 있었다.

잠시 뒤 그들이 가버리고 할머니만 혼자 덩그마니 서 있었다.

"건너가자!"

신호가 바뀌자 세주가 앞장서서 건넜다. 그러더니 꾀죄죄한 할머니한테 성큼성큼 다가갔다. 새하얀 머리칼에 허리가 45도로 굽은 할머니였다. 할머니 옆에는 찌그러질 정도로 짐이 실린 유모차가 세워져 있었다. 유모차도 할머니를 닮아 뼈대가 구부러지고 지저분했다.

"할머니, 조금 전에 걔네들이 뭐랬어요?"

"으응! 이 유모차 바퀴가 턱에 걸려서 좀 밀어달라고 그랬어."

"그랬더니요?"

"냄새가 싫다고 그냥 갔어."

짐이 가득 실린 유모차가 인도 턱에 걸려서 올라가질 않는 모양이었다.

"할머니, 제가 끌어다 드릴게요."

세주가 아무 거리낌 없이 유모차를 돌려서 손잡이를 잡더니 우리한테 밀라고 했다.

"아유! 괜찮아! 나 혼자 갈 수 있어."

"유모차 바퀴가 아주 빠져버릴 것 같아서 그래요. 애들아, 뒤에서 좀 밀어!"

"어! 그, 그래!"

할머니가 고마워하며 우리에게 사정을 털어놓았다.

"시장 안에서 좌판 장사를 하는데, 오늘은 팔다리가 쑤시고 허리도 아프고 해서 집에 일찍 가려고."

"집이 어딘데요?"

"저짝 소라산 자락에 있어."

소라산이라는 말에 우리는 귀가 번쩍 뜨였다.

"소라산이면 우리 학교 있는 곳인데?"

"거기까진 꽤 먼데 어떻게 이걸 밀고 가세요?"

"멀긴 뭘 멀어? 30년 넘게 매일 오고 간 길이구만!"

우리는 짐이 가득 실린 유모차를 앞에서 끌고 뒤에서 밀며 인도를 걸었다. 느린 걸음으로 뒤따라오면서 할머니가 이리 가라 저리 가라 방향을 알려주었다. 나하고 인정이는 사람들이 쳐다보는 게 창피해서 자주 손을 뗐다. 그러나 세주와 은하는 지저분한 유모차를 끌고 미는 게 재미있는지 즐거운 표정이었다.

"할머니, 근데 여기 싣고 가시는 게 다 뭐예요?"

내가 찡그린 얼굴로 물었다.

"이거? 짱아찌여, 짱아찌!"

"장아찌요?"

장아찌라는 대답에 내 눈이 황소 눈만큼 커졌다.

"그려! 무 짱아찌허구, 오이 짱아찌허구, 고추 짱아찌여."

할머니가 충청도 사투리가 섞인 느린 말투로 짱아찌라고 말할 때마다 우리는 발음과 억양이 우스워 까르르 웃었다. 특히 나는 장아찌라면 신물이 나 더욱 배꼽을 잡았다.

아버지가 병원에 입원했던 초등학교 2학년 때부터 허구한 날 밥반찬으로 먹은 게 장아찌였다. 엄마가 깻잎 장아찌 통조림과 봉지 김을 한꺼번에 왕창 사다가 집에 쌓아놓았기 때문이었다. 직장 일과 아버지 병간호 때문에 집에서 반찬을 만들 시간이 없다는 것이었다. 그때부터 나는 혼자 지내는 것에 익숙해져갔다. 밥을 먹을 때는 물론 학교에 오갈 때도, 심지어 잠을 잘 때도 혼자였다. 낡은 화장실에서 방울방울 떨어지는 물소리를 들으며 밤새 뒤척거리다가 아침에 눈을 떴을 때, 뼛속 깊이 스며드는 그 썰렁함과 허전함마저도 점차 낯설지 않게 되었다.

"짱아찌가 어때서 웃는 거야? 응?"

"할머니 발음이 재밌어요! 짱아찌!"

장아찌를 짱아찌라고 세게 발음하니, 장아찌 때문에 받았던 스트레스가 해소되는 것 같았다. 그래서 나는 일부러 할머니의 발음을 흉내 내기도 했다.

"오늘 장아찌 많이 파셨어요?"

"많이 팔긴 뭐! 그냥 심심하니까 나오는 거여. 한 7,000원어치

팔았을 겨."

"애개! 겨우 고거요?"

"저녁때까지 있으면 만 원 넘을 때도 있어."

할머니는 소라산 자락 성모병원 부근의 외딴집에서 살고 있었다. 야트막한 동산인 소라산을 돌아가면 우리 학교인 남성여중이 나오는 위치였다.

"여기가 내 집이여!"

"우리 학교에서 가깝네요, 할머니!"

"오, 그래?"

"예. 이 소라산 너머에 우리 학교가 있어요."

세주가 학교 위치를 자세히 알려주며 학교 자랑을 덧붙였다. 잘 가꿔진 중앙정원과 학교 건물 앞쪽에 기다랗게 조성된 화단은 내가 봐도 참 멋있었다.

"지저분하지만 들어와. 내가 먹을 걸 좀 줄게."

"아니에요, 할머니. 그냥 갈게요."

"안 돼! 힘든 일을 도와줬는데, 그냥 보낼 수는 없는 거여. 얼렁 들어와!"

할머니의 호의를 거절할 수 없어서 우리는 집 안으로 들어갔다. 넓은 마당에 꽤 큰 기와집이었으나 오래되어 많이 낡은 상태였다.

"마루에 올라가 앉아 있어. 내가 부엌에서 얼렁 먹을 걸 내올 테니께."

할머니가 부엌으로 들어가자 우리는 마루에 앉아 집 이곳저곳을 둘러보았다. 헛간은 한쪽이 기울어졌고 사랑채는 지붕 일부가 무너진 모습이었다.

"어휴! 집이 구석구석 허물어지고 어둑어둑한 게 귀신 나올 것 같다."

"맞아! 납량특집에 나오는 흉가랑 비슷해!"

"집을 안 가꾸는 모양이야."

금방이라도 무너질 듯 이어진 담장 밑으로는 잡풀도 무성했다.

"자, 이거 좀 먹어봐. 아주 맛있어!"

할머니가 부엌에서 내온 음식은 뜻밖에도 찐 감자였다. 찐 감자를 바가지에 가득 담아 쟁반에 받쳐 들고 온 것이었다. 더욱이 겉껍질을 까지도 않고 찐 감자였다. 우리는 순간적으로 얼굴 표정이 딱딱하게 굳어버렸다.

"이걸 들고서 껍질을 살살 까면서 먹어. 심심하니까 이것도 하나씩 집어먹구."

"이건 뭐예요?"

인정이가 작은 접시에 수북이 담긴 음식을 가리켰다. 무언가를 잘게 썬 거무튀튀한 음식이었다.

"짱아찌여. 아주 오래된 무 짱아찌. 맛이 아주 그만이여. 제일 비싸게 파는 거라구."

우리는 선뜻 감자를 집어 들지 못하고 머뭇거렸다.

"얼렁 먹어봐! 감자랑 이 짱아찌가 궁합이 찰떡궁합이여, 찰떡궁합!"

"찰떡궁합이요?"

"응! 궁합이 아주 잘 맞는다구. 자, 어여 받어!"

할머니가 감자를 하나씩 집어 건네서야 우리는 마지못해 받아들었다.

"뜨거우니까, 후후 불면서 먹어야 돼!"

할머니는 직접 감자 껍질을 까고 후후 불며 먹는 방법을 알려주었다. 그리고 젓가락으로 무 장아찌도 하나 먹었다.

"먹어보자!"

우리는 서로 눈치만 보다가 은하를 선두로 까먹기 시작했다. 나도 마지막으로 껍질을 깐 후 감자를 한 입 물었다. 뜨거워서 여러 번 시도한 끝에 입 안에 넣을 수 있었다.

"짱아찌도 하나 넣고 씹어야 간이 딱 맞아서 좋다니께. 해봐!"

나는 거무튀튀한 색깔도 색깔이지만, 장아찌에 대한 나쁜 기억 때문에 젓가락이 가지 않았다. 친구들도 머뭇거렸다.

"해보래두!"

다른 친구들이 꺼리자 할머니는 하필 나를 똑바로 바라보며 말했다.

"예에!"

할머니가 무안해할까 봐, 나는 젓가락으로 가장 작은 장아찌 조각을 하나 집어 들었다. 마치 길쭉한 벌레를 집어 든 기분이었다. 조심스레 입에 넣었다. 그러고는 가만가만 씹었다. 친구들이 모든 동작을 멈추고 내 얼굴에 시선을 모았다.

"어떠?"

"오! 맛있네요!"

먹어보니 의외로 맛이 좋았다. 색깔, 모양과는 달리 적당한 짠맛에 고소한 맛이 섞여 있었다. 화학조미료가 많이 가미된 통조림 장아찌와 크게 다른 맛이었다.

"정말 맛있니?"

"응. 너희도 먹어봐."

"이게 10년도 더 된 짱아찌여. 그래서 다른 것보담 두 배나 비싸다구."

결국 내가 감자와 장아찌를 가장 많이 먹어버렸다.

"이리 따라들 와. 내가 구경시켜줄게."

할머니가 우리를 뒷마당으로 데리고 갔다. 예측대로 뒷마당도 꽤 넓었다.

"저걸 좀 봐!"

"오우! 웬 항아리가 저렇게 많아요?"

"저게 다 내가 담근 짱아찌여, 짱아찌!"

뒷마당 한편에 아주 커다란 항아리가 열 개도 넘게 줄 맞춰 있었

다. 중간 크기 항아리와 작은 크기 항아리까지 다 합하면 30개
는 되어 보였다.

"이 많은 걸 혼자 다 담그신 거예요?"

"그럼! 밭에서 무, 오이, 고추를 키워서 짱아찌 담그는 게 내
낙이여, 낙!"

할머니는 자신이 담근 장아찌를 누군가에게 자랑하고 싶었던
모양이었다. 큰 항아리를 일일이 보여주면서 자세히 설명을 해
줬다.

"그런데 이 큰 집에 할머니 혼자 사세요?"

"다른 가족은 안 계세요?"

나하고 세주가 연달아 물었다.

"응, 없어. 나 혼자여!"

"어머! 왜요?"

할머니의 얼굴색이 순간적으로 어둡게 변했다. 나는 괜한 걸
물었구나, 후회를 했다.

"뭐, 저, 그냥, 나보다 일찍들 갔어!"

할머니의 양쪽 눈에 물기가 촉촉이 서렸다. 그 물기를 말리려고
할머니는 고개를 들어 하늘로 시선을 옮겼다. 저녁 햇살이 할머
니의 얼굴에 고스란히 비쳤다. 나는 주름이 가득하고 곳곳에 검
버섯이 핀 할머니 얼굴을 잠깐 살펴보다가 얼른 시선을 돌리고
말았다. 흉측해 보여서였다.

"할머니, 이제 저희 갈게요."

"아니여. 잠깐 기다려!"

할머니가 네 개의 봉지에 장아찌를 담아서 건네주었다.

"이거 집에 가져가서 먹어!"

우리는 장아찌 봉지를 하나씩 들고 할머니 집을 나왔다. 할머니는 대문 앞에 서서 우리가 보이지 않을 때까지 손을 흔들어 주었다.

"저 큰 집에 할머니 혼자 사신대."

"저 할머니 불쌍하다!"

"가족도 아무도 없고."

"혼자 살다가 갑자기 몸이 아프면 어떡하지?"

할머니 얘기를 나누며 걷다가 성모병원 앞에서 빨간 신호등에 걸렸다. 걸음을 멈추고 신호가 바뀌기를 기다리는 중에 인정이가 나한테 장아찌 봉지를 건네주었다.

"혜진아, 이거 너 먹어!"

"나도 너 줄게. 아까 보니 네가 제일 잘 먹더라."

은하도 자기 장아찌를 나한테 넘겼다.

"내 거도 너 먹어!"

세주마저도 자기 걸 주는 바람에 나는 장아찌가 네 봉지나 되었다.

"야, 이렇게 많은 걸 나 혼자 어떻게 다 먹어?"

"다 못 먹으면 버리면 되지!"

"그럴까?"

맛은 괜찮았으나 네 봉지를 다 먹을 자신은 없었다. 할머니한테
는 미안하지만, 나는 한 봉지만 남기고 나머지 세 봉지는 버리
기로 했다. 실제로 나는 엄마가 사다가 쟁여둔 깻잎 장아찌 통
조림과 봉지 김을 버린 적이 있었다.

미트볼 파스타

텔레비전 화면 속이 시끌벅적했다. 국회에서 여야 의원들 수십 명이 한데 뒤엉켜 서로 막말을 퍼붓고 멱살잡이를 하는 장면이었다. 마치 조폭들이 패싸움을 하는 것 같았다.

"또 싸우네!"

왜 싸우는지 이유는 모르지만, 싸움 장면이 보기 싫어 나는 리모컨으로 채널을 바꿨다.

"으응?"

바꾼 채널에는 더 많은 사람들이 모여 고함을 지르고 주먹을 치켜들고 야단법석이었다. 거리에 어마어마한 사람들이 모여 시위를 하고 있었다.

"세주야, 저거 좀 봐!"

"뭔데?"

세주가 주방에서 음료수 두 잔을 가지고 와서 옆에 앉았다.

"데모하는 건데. 미국산 수입 소고기 먹으면 광우병에 걸려 죽나 봐."

"나, 소고기 좋아하는데!"

"그럼 미국 소고기 말고, 한우 고기 먹으면 되지!"

"한우 고기는 비싸잖아? 지난 설날에 먹어보고 여태 못 먹었어."

세주와 나는 소파에 나란히 앉아 미국산 수입 소고기를 놓고 논쟁을 벌였다.

"정말로 위험하니까 사람들이 저렇게 많이 몰려서 반대 데모를 하는 거겠지."

"우리 아빠는 그다지 위험하지 않다고 그러던데? 회사 사람들이 모여서 광우병 얘기 종종 나눈대."

한우 고기든 수입 고기든 소고기를 먹어본 기억이 없는 나는 반대하는 입장이었고, 소고기를 좋아한다는 세주는 찬성하는 입장이었다.

"저기 좀 봐! 먹으면 걸릴 수도 있다잖아. 뇌에 구멍이 숭숭 뚫린다잖아."

"아빠 회사에서 회식할 때 수입 소고기 많이 먹는대. 근데 여태 저 병 걸린 사람 한 명도 없대."

나는 심각한 표정으로 시위 장면을 지켜보았다. 광우병 걸린 소가 죽어 넘어지는 자료화면이 나왔다. 사람도 저렇게 죽는가 싶어 가슴이 철렁했다.

"혜진아, 우리 저런 거 보지 말고 다른 거 보자!"

위험하다니까 미국산 소고기 절대 먹으면 안 돼, 라고 말하려는 참에 세주가 리모컨을 들고 채널을 차례차례 돌렸다. 그러다가 한 곳에서 멈추었다.

"이거 보자. 나는 이게 제일 재밌어!"

"이게 재밌다고?"

"응! 너도 한번 봐봐!"

서로 잔인하게 싸움을 벌이는 이종격투기 프로그램이었다. 그것도 여자들이 나와서 주먹질과 발길질을 해댔다. 짜고서 하는 경기가 아니라 진짜 싸움을 하는 거였다.

"그렇지! 그렇지! 좋아! 좋아!"

흥분을 한 세주가 일어서서 텔레비전으로 바짝 다가갔다.

"암바를 해야지, 암바! 팔 십자꺾기 말이야."

그러더니 침을 튀기며 어느 한 선수를 응원했다. 전문 용어를 자연스레 외치고, 마치 자기가 격투기 선수라도 되는 양, 실제로 손과 발을 움직여 상대를 가격하는 시늉까지 해 보였다.

"에이! 거기서는 다리꺾기, 레그록이 낫지!"

"세주야, 너무 시끄럽다. 보려면 여기 앉아서 봐!"

내가 진정을 시켰으나 듣지 못했다. 아예 텔레비전 속 팔각 링으로 기어들어 갈 태세였다.

"저 금발 머리 예쁜 여자가 로우지야, 론다 로우지!"

"론다 로우지? 미국 선수야?"

"응! 내가 제일 좋아하는 선수. 나 저 선수 완전 광팬이야!"

세주는 머리를 돌리지도 않고 화면을 보면서 금발의 여자 선수에 대해 줄줄이 늘어놓았다. 마치 구구단을 외우는 듯했다.

"지금 UFC 여자 챔피언인데, 암바가 주특기야. 팔 십자꺾기."

"미국 여자 챔피언?"

"엥! 저저저! 옆으로 잽싸게 피해서 백리버 슬램을 했어야지, 아이참 나!"

금발 선수가 상대 선수를 공격하려고 들어가다 한 방 얻어맞고 비틀거렸다. 그러자 세주가 몹시 아쉬워하며 발로 거실 바닥을 쿵 밟았다. 진동이 사방으로 퍼졌다.

바로 그때, 작은방 문이 벌컥 열리면서 세주 남동생이 나왔다. 몹시 화난 표정이었다.

"야! 좀 조용히 해!"

"뭐? 야아? 누나한테 야가 뭐야, 야가?"

"누나는 무슨? 흥!"

남동생이 콧방귀를 뀌자, 세주가 텔레비전 화면에서 눈을 떼고 동생을 노려보았다. 눈빛이 싸늘하고도 날카로웠다.

"5분 먼저 태어났어도 누나는 누나지! 여기 내 친구 혜진이와 있는데, 인사도 하고 그래!"

세주와 비슷하게 생긴 남동생은 키도 크고 덩치도 컸다. 그러나 세주와는 사이가 좋지 않은 듯 서로를 보며 눈살을 찌푸렸다. 나는 시선을 어디에다 둬야 할지 몰라 거실 벽면에 걸린 가족사진에 고정시켰다. 사진 속에서도 세주와 남동생은 고개를 반대 방향으로 약간씩 돌려서 서로를 외면한 자세였다. 게다가 웃고 있는 아버지 어머니와는 달리 딱딱하게 굳은 표정이었다.

"경고하는데, 조용히 봐! 나 지금 수학 문제 푸니까."

그 말을 무겁게 던진 남동생이 자기 방으로 들어가서 문을 쾅 닫았다. 그런 동생의 방을 향해 세주가 잔소리를 퍼부었다.

"수학 문제 좀 푼다고 성적 올라가니? 골치만 아프지!"

나는 세주가 그만하기를 바랐으나 세주 입은 좀체 다물어지지 않았다. 매사에 신경질적인 엄마들처럼 자꾸 잔소리를 해댔다.

"그 시간에 차라리 이런 프로그램 보면서 스트레스 해소하는 게 훨씬 낫지!"

"세주야, 그만해!"

"저 애 공부도 못하면서 괜히 폼 잡는 거야. 늘 하위권에서 맴도는 건 나랑 똑같아."

세주가 남동생 험담을 하며 내 옆으로 와서 앉았다. 앉아서도 동생 방을 노려보면서 계속 구시렁거렸다.

"근데, 5분 차이라니? 그게 무슨 소리야?"

"아, 그거? 쟤랑 나랑 쌍둥이야. 그것도 일란성 쌍둥이!"

"으응? 일란성 쌍둥이?"

"그래. 성별이 다른 일란성 쌍둥이가 태어날 확률은 로또 1등에 당첨될 확률보다 더 낮대. 기적에 가깝대. 그런데 우리가 그 일란성 쌍둥이야, 나 참!"

세주는 남동생이랑 일란성 쌍둥이로 태어난 게 억울하고 한이 된다는 듯이 말했다. 남동생을 진짜로 싫어하는 표정이었다.

"너희 비슷하기는 해도 똑같아 보이지는 않는데?"

"쟤가 키도 크고 덩치도 커서 그렇지, 자세히 보면 똑같이 닮았어. 아우! 징그러워!"

몸서리를 치는 세주의 모습이 우스워 나는 빙그레 웃었다.

"그럼 너희 둘 텔레파시 그런 거 통해? 영화나 책에 보면 일란성 쌍둥이가 그렇다는 이야기 있잖아."

문득 그게 궁금해져 넌지시 물었다. 그러자 세주가 도리질을 치며 대답했다.

"통하긴 개뿔이. 우린 바로 옆에 있어도 전혀 안 통해! 완전 따로국밥이야."

"그래? 또 한 가지 궁금한 게 있는데, 너희 혈액형하고 지문도 똑같아?"

그 질문을 해놓고, 나는 내가 쌍둥이에 대해 알고 싶은 게 너무 많다는 걸 느꼈다. 초등학교 5학년 때 엄마를 따라 병원에 아버지 병문안을 가서 쌍둥이를 살펴본 적이 있어서였다. 생김새가 똑같은 두 아이가 너무나 희한했었다.

"혈액형은 같은데 지문은 달라. 어? 좋아! 좋아! 그렇지. 사이드 초크. 힘줘! 더더더! 와! 이겼다!"

금발 선수가 이기자, 세주는 벌떡 일어나 쿵쿵 뛰며 만세를 외쳤다. 그 바람에 아파트가 들썩거렸다.

"야, 그만 좀 해! 집 무너지겠다."

"어, 그래. 아! 로우지가 이겨서 기분 짱이다!"

"미국 선순데 뭐가 기분 좋아? 우리나라 여자 선수는 없어? 없지?"

설마 한국에도 여자 이종격투기 선수가 있을까, 호기심이 생겼다.

"몇 명 있기는 있는데, 아직 실력이 별로야. 나는 저 선수만 응원해. 보니까 어때? 재밌지? 그렇지?"

"응? 그, 그래!"

나는 전혀 재미가 없었다. 여자가 군이 격투기를 직업으로 삼는다는 게 이해가 되지 않았다. 복싱이나 태권도 정도라면 또 몰라도 이종격투기는 영 아니었다.

세주가 간식을 해먹자고 그래서 주방 식탁으로 가 앉았다.

"뭐가 좋을까? 혜진이 너 먹고 싶은 거 없어?"

"특별히 먹고 싶은 건 없어!"

없다는데도 세주는 냉장고를 열고 한참 뒤적이더니 무언가를 꺼냈다.

"혜진아, 미트볼 먹어봤니?"

"미트볼이 뭐야?"

"고기를 다져서 동글동글하게 만든 거야. 우리 이거 해서 먹어보자!"

"할 줄 알아?"

"여기 조리법 쓰여 있잖아. 그리고 전에 엄마가 하는 거 몇 번 봤어."

세주는 미트볼을 접시에 담아 전자레인지에 넣고 해동을 시켰다. 그러고는 가스레인지 위에 프라이팬을 올려놓더니 물을 한 컵 부은 뒤 라면 한 봉을 뜯었다.

"라면도 끓이려고?"

"아니. 미트볼 파스타를 하려고."

"미트볼 파스타는 또 뭐야?"

"두고 보면 알아!"

뭔지 모르지만 기대감이 생겨서 입 안에 침이 고였다.

"세주 너 요리하는 게 취미야?"

"아니. 나 사실 라면도 잘 못 끓여. 내 동생이 훨씬 더 잘 끓여!"

"그러면 그만둬!"

전에 잘못 끓여서 퉁퉁 불은 라면을 먹은 경험이 있기에 나는 손을 내저어 말렸다. 라면을 맛있게 끓이는 것도 쉬운 일이 아니었다.

"그만두긴 왜 그만둬? 친구를 놀러 오라 불렀으니, 내 정성이 들어간 음식 하나는 만들어서 대접해야지."

"나 아까 점심 먹고 와서 배 안 고파!"

"그러면 간식 겸 저녁으로 먹으면 되지."

그래도 만들겠다는데 나는 그냥 지켜보고 있을 수밖에 없었다. 하지만 내심으로는 몹시 불안했다. 나는 입맛이 까다로워 남이 만들어준 음식은 잘 먹지 않았다.

"이거 소고기 미트볼이야. 미국산 소고기로 만든 거."

"뭐어? 그럼 그거 걸리는 거 아냐? 광우병!"

"걸릴지도 모르지!"

나는 놀랍고 불안한데 세주는 태연하게 대답했다. 걱정하는 빛이 조금도 없었다.

"이 미트볼을 내 동생 세우가 아주 좋아한다고. 쟤 이거라면 환장을 해!"

"그럼 우리가 먹으면 안 되잖아?"

"엄마가 잔뜩 사다가 냉장고에 꽉꽉 채워놨어."

냉장고에 꽉 채워놓을 정도면 얼마만큼 좋아한다는 건지 상상이 되지 않았다.

"세우 쟤, 어쩌면 이 미국산 소고기로 만든 미트볼을 많이 먹어서 공부를 못하는지도 몰라!"

"에이! 설마!"

"광우병 걸리면 뇌에 구멍이 숭숭 난다잖아? 그러면 머리가 제대로 돌아가겠니? 크크크크!"

나는 짓궂게 웃는 세주에게 다가가 어깨를 살짝 꼬집었다. 그러고는 동생 방을 힐끔 쳐다봤다. 그 방에 은근히 신경 쓰였다.

"야, 왜 그런 소리를 해? 네 동생이 듣겠다."

"들으면 들으라지 뭐!"

세주는 미트볼 파스타 요리를 하면서 계속 자기 동생을 깎아내렸다. 나는 동생의 방문이 또 열릴까 봐 조마조마했다.

"라면이 다 익었다. 이제 라면을 건져서 큰 접시에 깔아야 돼!"

"그래?"

"원래 파스타면이 따로 있는데, 없어서 라면으로 대체했어. 내 동생이 이렇게 잘 해먹어서 따라 해보는 거야."

미트볼과 파스타, 둘 다 나한테는 생소한 이름이었다. 어떤 맛일지 은근히 기대됐다. 입 안에 군침이 가득 고였다.

"이제 해동된 미트볼을 꺼내서 이 라면 위에 부으면 돼. 소스까지 포함되어 있는 거니까, 이게 끝이야."

"오! 냄새는 좋다!"

"이왕이면 후춧가루랑 들깨도 좀 뿌리자."

일명 미트볼 라면 파스타를 식탁 가운데에 놓고 우리는 마주 앉았다.

"먹자!"

"그, 그래!"

포크를 들고 세주를 따라 미트볼 한 개를 찍었다. 색깔과 냄새 가 좋아 맛도 있을 것 같았다. 하지만 광우병 때문에 약간 꺼려 지기도 했다.

"나는 먹을 만한데. 혜진아, 너도 어서 먹어봐!"

입에 넣고 몇 번 씹었다. 후춧가루를 너무 뿌려 쓴맛이 감돌 았고, 화학조미료가 많이 들어간 소스라 느끼하기도 했다. 속에 서 받지 않았다.

"어때?"

"음! 꽤, 괜찮아! 먹을 만해."

"그럼 많이 먹어!"

세주처럼 라면 가닥을 포크에 돌돌 말아 두어 차례 먹었다. 내가 며칠 전에 해먹었던 라면볶음이나 김치볶음밥만 못했다.

"세주야, 너네 엄마 아빠는 오늘도 일 나가신 거야?"

"응! 요즘 회사가 바쁘대!"

"어느 회사 다니시는데?"

갑자기 그걸 알고 싶었다.

"아빠는 저쪽 산업 단지에 있는 식품 공장에서 냉동기사로 일하고, 엄마는 전자 공장에서 생산직으로 일해서. 혜진이 너네 엄마 아빠는 무슨 일 하셔?"

그 질문에 나는 가슴이 철렁했다. 뭐라고 대답하면 좋을지 미트볼을 씹다 말고 한참을 망설였다. 사실대로 말해야 되나. 거짓말로 둘러대야 하나. 갈등 끝에 나는 사실이 아닌 거짓말을 택하고 말았다.

"우리 아빠는 조그만 이불 공장을 하셔. 여러 가지 침구류도 만들고. 엄마는 시내 가게에서 그것들을 파시고."

"와! 그러면 너 아빠 엄마가 모두 사장님이시네?"

"음! 뭐 그런 셈이지!"

나는 능청스럽게 대답했다. 마음이 편치 않았으나 사실대로 말하기가 싫었다. 솔직하게 말하면 세주가 나를 멀리할까 봐 두려웠다.

"우리 엄마 아빠는 내 장래가 큰 걱정이래!"

"왜?"

"내 성격이 너무 외향적이라 선머슴같이 천방지축이라나 뭐라나? 얌전한 여자 성격으로 변하려면 나중에 간호사나 유치원 교사가 되어야 한대, 글쎄!"

그럴 수 있다는 생각이 들어 고개를 끄덕거렸다. 내가 봐도 세주는 나와는 정반대로 매우 활달하고 거침이 없었다.

"내 동생 쟤는 조용하고 내성적인 성격이라, 나중에 직업 군인이 되라고 하셔! 씩씩하고 용감해지도록."

"남자는 용감해야지! 어른들은 그런 말 많이 하잖아?"

"쟤하고 나하고 성별이 뒤바뀌어 태어난 거라고 엄마 아빠가 만날 그래. 친척들도 다 그러고."

남동생은 처음 본 거라서 뭐라 말할 수 없었다. 하지만 나는 세주 성격이 나쁘지 않다고 생각했다. 오히려 부러웠다.

"세주 너는 나중에 뭐가 되고 싶은데? 격투기 선수?"

"아니! 나는 되고 싶은 거 없어. 그냥 뭐든 되겠지, 뭐! 혜진이 너는?"

"나도 딱히 뭐가 돼야겠다고 생각해본 적 없어."

미래의 꿈을 키우기에 내 가슴은 너무 메마른 상태였다. 어떤 꿈의 씨앗을 심더라도 싹이 트지 못할 것임을 나는 일찌감치 깨닫고 있었다. 다만, 등하교 길목의 조그마한 의상실 앞에 가끔씩 서서 진열된 옷들을 멍하니 바라보곤 했었다. 매달 바뀌는 예쁜 옷들이 내 눈길을 사로잡았기에.

"혜진이 너는 무슨 운동 좋아하니?"

"특별히 좋아하는 운동은 없고, 전에 대전에 살 때 수영을 가끔씩 했었어!"

그것도 거짓말이었다. 수영을 한 게 아니라, 텔레비전에서 수영 경기를 하는 장면을 몇 번 보았을 뿐이었다.

"수영? 나는 수영은 전혀 못 해!"

"그래? 그럼 내가 언제 가르쳐줄게."

"좋아. 약속하는 거지?"

"그럼! 약속하지!"

세주와 손가락을 걸어 약속을 하려니 마음이 좀 켕기기는 했다. 그러나 겉으로 내색하지 않았다. 세주와 함께 수영장에 갈 일은 생기지 않을 것이므로.

"집은 어디야? 우리 아파트에서 가깝다며?"

"응. 여기서 멀지 않은데, 지금은 임시로 친척 집 방 하나 얻어서 살아."

"왜?"

"저쪽 변두리에 집을 크게 짓고 있거든. 공장도 크게 짓는 중이고."

"아아. 그렇구나."

한번 시작한 거짓말은 걷잡을 수 없이 커져서 나는 그런 말까지 해버렸다. 내 입 속에 붙어 있는 내 혀인데도 내가 통제할 수가 없었다. 나는 세주가 공장이나 집에 대해 계속 물어볼까 봐 얼른 말을 돌렸다.

"텔레비전 옆에 저거는 뭐야?"

"아, 저건 노래방 기계야."

"노래방 기계?"

"응. 저거 켜고 텔레비전에 연결하면 노래방처럼 반주 음악과 화면이 나와."

세주가 손가락으로 기계를 가리키며 일일이 설명을 했다.

"그러면 마이크 꺼내 잡고 부르면 돼. 우리 아빠하고 엄마가 쉬는 날 노래 잘 불러. 트로트에, 민요에, 타령에, 내키는 대로. 스트레스가 쫙쫙 풀린대."

"너희 아빠 엄마가?"

"응! 서로 따로 부르다가, 함께 부르다가, 마이크 싸움도 하고. 아주 웃겨!"

세주 아빠 엄마가 그러는 모습이 머릿속에 그려졌다. 웃기기도 했지만 부럽기도 했다. 나는 엄마 아빠가 함께 노래를 부르는 모습을 본 적이 없었다.

"노래는 잘하셔?"

"잘하면 내가 말을 안 해! 아주 소음공해야, 소음공해! 아래층에서 시끄럽다고 올라온 적도 있거든."

"진짜?"

믿어지지 않았다. 그 정도로 심하게 노래를 부르다니. 아무래도 세주가 과장을 하는 것 같아 나는 고개를 갸웃거렸다.

"진짜야. 어떤 날은 서로 자기가 더 잘 불렀다고 싸워서 며칠 동안 말을 안 하고 지낸 적도 몇 번 있었어."

"재밌다!"

"어른들은 참 이해가 안 돼! 애들보다 더 애들 같을 때도 있다니까."

나는 기본적으로 어른들이 싫었다. 뚜렷한 이유 없이 무조건 싫었다. 가능하다면 어른이 되고 싶지도 않았다. 그러나 또 한편으로는 빨리 어른이 되어 그 누구의 눈치도 안 보고 아무에게도 간섭을 받지 않는 자유를 누리고 싶기도 했다.

"혜진아, 너 노래 한 곡 불러볼래? 「미래소년 코난」, 그거 또 한 번 불러봐!"

"아니야. 여기서 어떻게 불러?"

손사래를 치며 거부했다. 저번에 노래방에 가서 부른 것도 생각할수록 창피한데 친구네 집에서, 더욱이 친구의 쌍둥이 남동생이 있는 데서 노래를 부를 용기가 나지 않았다.

"집에만 있으니까 답답하다. 혜진아, 우리 밖에 나가자!"

"어디 가려고?"

"일단 놀이터에 가서 운동 좀 하고, 동네 한 바퀴 쓱 돌아보자!"

"그래!"

우리는 엘리베이터를 타고 1층으로 내려가 현관 밖으로 나갔다.

"어! 바람이 분다."

"저 꽃잎을 잡아보자!"

잔잔한 바람에 정원수 벚꽃이 떨어져 휘날렸다. 공중에 어지러이 떠도는 벚꽃잎들. 마치 큼직한 눈송이 같았다. 세주와 나는 그 벚꽃잎을 잡으려고 두 팔을 허공에 내저으면서 우왕좌왕했다. 결국 한 개도 잡지 못했지만 무언가를 잡으려고 애를 쓰는 서로의 모습을 보고 키들키들 웃었다. 세주의 쌍둥이 남동생이 자기 방 창문을 통해 우리를 내려다보고 있는 것도 모른 채.

차남구함

일요일 아침. 나는 남은 밥과 반찬으로 대충 아침을 때우려다 그만두고 지하 공장을 나섰다. 밥은 그런대로 해먹을 수 있는데 문제는 반찬이었다. 할머니가 준 장아찌 네 봉지는 벌써 다 먹고 없었다. 한 봉지만 먹고 나머지는 버리려고 했으나 입에 맞아서 남김없이 먹어치운 것이었다.

"알고 보니 장아찌가 좋은 밥반찬이었어. 할머니한테 가서 더 달라고 할까?"

고모가 아침에 출근하면서 반찬을 조금씩 가져다주지만 너무 짰다. 게다가 매워서 내 입에 전혀 맞지 않았다.

"배가 고프지만 참아야지! 거기 가서 많이 먹을 거니까."

저번에 맞춘 단체 티를 입고 지하 공장을 나섰다.

농협마트 앞에서 만난 우리 네 명은 시내버스를 타고 터미널로 간 후, 거기서 다른 버스로 갈아탔다.

"은하야, 멀리 가야 되니?"

"뭐, 그렇게 멀진 않아!"

그러나 꽤 멀었다. 시내를 벗어나 구불구불한 길을 한참이나 달렸다. 버스 속도가 느린 데다 정차하는 곳이 많아서 시간 또한 오래 걸렸다.

"다 왔다. 이 마을이야. 내리자!"

출발한 지 한 시간 만에 도착한 곳은 웅포면 맹산리였다. 시내에서 멀리 떨어진 완전 시골이었다.

"와! 논도 많고, 밭도 많고, 저기 금강도 보이고. 풍경 짱이다!"

"난 이런 시골이 좋아! 높은 건물이나 아파트가 없이 탁 트인 게, 답답하지 않잖아?"

세주와 인정이가 주변 풍경을 둘러보며 호들갑을 떨었다. 그러나 나는 배가 너무 고파 아무 말도 않고 은하 뒤를 따랐다. 빨리 칠순 잔칫집에 가서 무얼 좀 먹고만 싶을 뿐이었다.

마을 안쪽으로 깊숙이 들어가서 고목 느티나무를 지나자, 파란 지붕의 큰 집이 나타났다. 대문간 처마에 〈경축! 맹산리 함봉철 님 고희연!〉이라고 쓴 현수막이 걸려 있었다.

"바로 이 집이야."

안으로 들어가니 너른 마당에 차양막이 쳐져 있고 교자상 수십 개가 빙 둘러 놓여 있었다. 은하의 친척 대학생 오빠가 나와서 우리를 맞아주었다.

"오빠, 내 친구들이랑 같이 왔어."

"그래. 잘 왔다. 곧 하객들이 잔뜩 몰려올 거야. 이리 따라와!"

우리는 부엌으로 따라갔다. 부엌과 뒷마당에서는 마을 아주머니들이 모여 음식을 만드느라 분주했다. 이미 만들어놓은 음식도 곳곳에 수북이 쌓여 있었다.

"자. 이거 앞에 두르고, 이것도 하나씩 들어!"

각자 앞치마를 두르고 커다란 쟁반을 하나씩 들었다. 우리는 그 모습을 서로 살펴보며 키들키들 웃었다.

"은하 네가 제일 잘 어울린다! 으히히!"

"내가 뭘 어울려? 네가 더 잘 어울리는데."

"아니야. 혜진이가 딱이다, 딱! 크크크!"

음식 서빙을 해본 친구는 하나도 없었다. 그런데도 우리는 서빙이 별거 아니라고 생각하며 장난질을 쳤다. 쟁반을 흔들고, 돌리고, 던지기도 하면서 까불거렸다.

"너희들, 장난 그만하고 음식 나를 준비해!"

친척 오빠가 말려서야 우린 장난을 멈췄다.

"나는 바쁘니까, 너희는 여기 이 아주머니 지시를 받아서 나르면 돼!"

"알았어, 오빠!"

통통한 마을 아주머니의 지시로 본격적인 서빙이 시작되었다. 아침밥을 안 먹고 온 나는 서빙을 할 때마다 쟁반에 담긴 음식을 보며 침만 꼴깍꼴깍 삼켰다. 시간이 흐를수록 배는 더 고프고, 팔다리 힘은 빠지고, 어깨와 옆구리가 결렸다. 그런데도 하객들은 계속 밀려들었다.

"아, 이거 너무 힘들다."

"난 팔다리가 부들부들 떨려! 서빙하다 주저앉을 것 같아."

"국수 그릇이 무거워서 더 힘들어."

빈 그릇을 거둬 나르는 일도 보통 일이 아니었다. 쟁반 가득 올려 들고 뒷마당 수도까지 먼 거리를 이동해야 했다.

음식 서빙을 하고 빈 그릇을 나르고. 그 일이 두 시간 가까이 진행되었다.

"아이고! 이제 더 못 하겠다."

"나도 못 해! 죽을 것 같아."

기진맥진한 우리는 정말 사랑채 처마 밑에 나란히 주저앉고 말았다. 특히 나는 하늘이 노래지며 등에 식은땀까지 흘렀다.

"야! 너희들 파업하는 거야?"

은하 친척 오빠가 보고 달려와서 목소리를 높였다. 잔뜩 찡그린 인상이었다.

"그게 아니고. 오빠, 우리 힘 다 빠졌어!"

"늦게 오는 손님들이 아직도 있는데, 서빙 마저 해야지!"

참다못한 내가 발끈하고 나섰다. 배가 너무 고프니까 나도 모르게 화가 치밀어오른 것이었다.

"오빠, 배가 고파서 못 하겠어요. 우리도 뭘 좀 먹어야 하는 거 아니에요?"

"그래요. 지금은 손님이 뜸하니까, 우리도 점심 먹게 해줘요! 우리가 뭐 일하는 로봇인 줄 알아요?"

세주가 나를 응원하며 따지듯 묻자 친척 오빠가 우리를 멀뚱히 바라보았다. 그러더니 고개를 두어 번 끄덕였다.

"좋아! 잠깐만 기다려!"

그 말을 남기고 친척 오빠가 부엌 쪽으로 사라졌다.

"은하야, 너네 친척 오빠 서울에서 대학 다닌다며 왜 저렇게 꽉꽉 막혔니? 혹시 가짜 대학생 아니야?"

나는 은하를 향해 남은 화를 퍼부었다. 은하가 즉시 부정했다.

"가짜 아냐. 진짜 대학생이야. 2년 재수해서 서울 일류대학에 들어갔는데, 지금 3학년이야."

"그런데 왜 저렇게 뻣뻣해? 말도 명령투로 하고. 우리가 이 집에서 일하는 종이야? 도와주러 온 거지."

"오늘 자기 아버지 칠순 잔치고, 사람들이 너무 많이 몰려오니까 정신이 없나 봐! 미안해, 혜진아! 내가 대신 사과할게."

은하가 사과하지 않았다면 나는 그대로 뛰쳐나가 집으로 돌아갈 생각이었다. 아침밥도 못 먹고 와서 일을 돕는 건데 푸대접을 하다니. 생각할수록 화가 치솟았다.

약 15분이 흘렀을 때, 은하 친척 오빠가 우리를 불렀다.

"은하야, 친구들 데리고 이쪽으로 와!"

우리는 은하를 따라서 부엌 앞으로 갔다.

"저 작은방에 들어가서 얼른 먹어!"

"알았어."

부엌 옆에 딸린 작은방으로 들어간 우리는 깜짝 놀라 입을 함지박만큼 벌렸다.

"이게 다 뭐야?"

방 한가운데 놓인 커다란 교자상에 진수성찬이 차려져 있었다. 주인공인 친척 할아버지가 받는 칠순 잔칫상 못지않았다. 우리는 그야말로 허겁지겁 먹기 시작했다. 나는 마치 걸신이 들린 사람처럼 국수 한 그릇을 뚝딱 비워버렸다. 그러고도 모자라 잡채, 떡, 갈비, 부침개, 편육, 홍어무침, 산자, 약과 등등을 아귀아귀 쑤셔 넣었다. 배가 터질 지경이 되어서야 나는 수저를 내려놓았다. 너무 배가 불러서 숨도 제대로 쉬지 못했다.

모두 밖으로 나갔다. 마당에는 하객들이 더 많아져 시골 읍의 장마당 같았다. 그리고 예상외로 4인조 밴드가 와 있었고, 은하 친척 오빠가 스탠드 마이크와 확성기를 설치하는 중이었다. 안채 처마 끝에는 고희를 축하한다는 현수막이 걸려 펄럭였다. 대문간에 걸린 것과 비슷했다.

은하 친척 오빠가 우리에게 다가와서 물었다.

"맛있게 먹었니?"

"예. 배 터지게 먹었어요."

"오빠, 근데 저 밴드는 뭐야?"

"서울에서 내려온 내 친구들이야. 아마추어지만 실력은 좋아!"

그 말을 하고 난 친척 오빠가 몸을 돌리려는 순간, 나는 아까 화를 낸 게 미안해 그에게 부드럽게 물었다. 직접 미안하다고 말하기가 쑥스러워서였다.

"오빠, 칠순 잔치를 왜 고희연이라고 그래요?"

"아, 그거? 칠순은 나이 일흔 살을 말하는데, 일흔 살을 한자로 고희(古稀)라고도 해. 고희는 옛날부터 희귀한 나이라는 뜻이야. 옛날에는 수명이 짧았으니까, 일흔 살까지 사는 사람이 드물었지! 그리고 연 자는 한자로 잔치 연(宴) 자야. 그러니까 고희연은 칠순 잔치라는 의미지!"

친척 오빠가 막힘없이 설명을 해주고서 돌아갔다. 우리는 감탄을 하며 박수를 쳤다.

"은하야, 너희 오빠 멋지다! 진짜 대학생인가 봐."

그 말을 하며 나는 나도 나중에 대학생이 될 수 있을까, 하는 생각을 잠깐 했다. 그러나 곧 고개를 저었다. 스스로 내 처지를 너무나 잘 알고 있기에. 대학은커녕 고등학교도 못 가고 덕적도 큰고모네 집으로 보내질 게 뻔했다. 그곳 갯벌에서 평생 바지락이나 캐다가 죽을지도 몰랐다. 며칠 전 작은고모가 큰고모와 통화하는 걸 엿들었다. 공장 사정이 어려워져서 2학기 때는 나를 큰고모가 맡았으면 좋겠다는 내용이었다.

"시작하나 보다."

간이 무대가 설치되자 하객들이 마당 옆으로 빙 둘러앉았다. 자리가 모자라 뒤쪽에 서 있는 사람도 많았고, 멀찍이 몰려서서 구경하는 사람도 적지 않았다. 어린아이들은 사람들 틈을 비집고 나와 서로 좋은 자리를 차지하려고 다툼까지 벌였다.

"여러분! 이제 축하 공연을 시작하겠습니다. 누구든 나오셔서 노래를 하셔도 좋고 춤을 추셔도 좋습니다. 그럼 먼저⋯⋯."

무대로 나온 첫 번째 사람은 꼬마들이었다. 예닐곱 살쯤 된 아이들 세 명이 예쁜 한복을 차려입고 나란히 섰다. 세 아이 중 여자아이가 마이크를 잡고 노래를 부르고, 남자아이 두 명은 몸을 마구 흔들면서 춤을 추었다.

"꽃밭에는 꽃들이 모여 살고요~ 우리들은 유치원에 모여 살아요~."

여자아이의 노래보다는 두 남자아이의 춤이 너무 우스워 하객들이 웃음을 터트렸다. 손자 손녀를 필두로 주인공 할아버지의 딸 사위와 친척 몇 명이 차례로 나와 노래와 춤을 선보였다. 그

런 다음 술이 거나하게 취한 하객들이 마구잡이로 나와서 가무
판을 벌였다.

그렇게 한 시간 정도 진행되던 가무판을 은하 친척 오빠가 중
지시켰다.

"하객 여러분! 이제 잠시 쉬시기 바랍니다. 음식이나 술이 모
자라신 분은 얼마든지 더 시키시고요."

"왜 중지시키지? 저 드럼이 망가졌나? 아니면 전기 기타가?"
나름대로 추측하며 의아해하고 있는데 친척 오빠가 뒷말을 이
었다.

"여러분, 곧 특별 초청 가수가 나오겠습니다. 기대해주십시
오."

그 말을 듣고 우리 모두는 어리둥절한 표정을 지었다.

"설마 소녀시대가 오는 건 아니겠지?"

"야, 소녀시대가 이런 시골집 칠순 잔치에 왜 와?"
나는 큭큭 웃으며 세주의 팔을 서너 차례나 때렸다.

특별 초청 가수가 나온다는 말에 하객들은 기대감을 듬뿍 담
은 눈빛으로 무대를 바라보았다.

"여러분, 이제 여러분이 기다리시던 특별 초청 가수를 소개해
드리겠습니다."
안내말이 계속 이어졌다.

"이분은 워낙 유명하신 분이라 여러분도 잘 아실 겁니다. 몇

번이나 부탁해서 아주 어렵게 모셨습니다."

"진짜 유명한 가수가 오나 보다."

"오늘 주인공이신 저희 아버지께서 젊으셨을 때부터 아주 좋아하신 분입니다. 여러분, 가수 남진 선생님을 소개합니다."

남진이라는 소리에 모두의 눈이 휘둥그레지고 고개가 거북목처럼 늘어났다.

"남진? 남진이 누구야?"

"나는 생각난다. 텔레비전에서 몇 번 봤어."

"나도 알아. 울 아빠도 그 가수 좋아해."

하객들의 우레 같은 박수와 환호를 받으며 검은 선글라스를 낀 남자가 등장했다.

"풍채며 생김새며 옷차림이 분맹히 남진이구마잉!"

"아니, 이게 뭔 일이당가? 여그서 남진이를 다 구경허구 말이시!"

초청 가수를 살펴보면서 하객들이 한참이나 웅성거렸다.

"첫 곡으로 부르실 곡명은 남진 선생님의 대표곡인 「님과 함께」입니다. 저희 아버지의 애창곡이기도 하고요. 자, 들어보겠습니다."

가수 남진이 마이크를 넘겨받고 전주가 흐르는 동안 특유의 몸동작을 취했다. 그러고는 전주가 끝나는 시점에 정확하게 맞춰 노래를 부르기 시작했다.

"저 푸른 초원 위에~ 그림 같은 집을 짓고 사랑하는 우리 님과~ 한 백 년 살고 싶어~."

그런데, 하객들의 반응이 처음 소개받았을 때와는 판이하게 달랐다. 겨울 태풍이라도 몰아닥친 듯 아주 썰렁했다. 주인공인 칠순 할아버지도 고개를 갸웃거리며 남진을 뚫어져라 살폈다.

"반딧불 초가집도 님과 함께면~ 나는 좋아 나는 좋아~ 님과 함께면~ 님과 함께 같이 산다면~."

첫 곡을 마쳤으나 환호는커녕 박수 소리 하나 들리지 않았다.

"뭐시여? 저것이 남진이가 맞는감?"

"으째 목소리가 영 거시기허구먼이라잉!"

은하의 친척 오빠가 나서서 급히 해명을 했다.

"지금 남진 선생님께서 감기에 걸려서 노래가 잘 안됐답니다. 두 번째 곡 들려드리시겠답니다. 역시 저희 아버지의 애창곡인 「둥지」입니다."

"너의 빈자리~ 채워주고 싶어 내 인생을~ 전부 주고 싶어 이젠 너를 내 곁에다 앉히고 언제까지나~ 사랑이 뭔지~ 그동안 몰랐지~ 내 품에 둥지를 틀어봐~."

두 번째 곡은 더욱 형편없었다. 제대로 발성을 하지 못하는 데다 음정이 불안하고 박자도 틀려, 노래가 아니라 취객의 술주정처럼 들렸다. 여기저기서 하객들이 술렁거리며 불만을 토로했다.

"암만 살펴봐두 남진이가 아닌 것 겉은디?"

"혹시 그거 아닐까? 거 왜 있잖어? 이, 이미테이션 가수!"

"이미테이션 가수? 고것이 뭣이당가요?"

파마머리의 어느 아줌마가 옆자리 새마을 모자를 쓴 아저씨에게 물었다.

"한마디로 가짜 가수요. 가짜 가수!"

"음마야! 아, 가수도 가짜 가수가 있당가요?"

"그럼요. 가짜 목사, 가짜 사장, 가짜 박사, 가짜 대학생, 가짜 뭐뭐뭐. 별별 가짜가 다 있는 세상인데, 가수라고 가짜가 없겠어요?"

도떼기시장처럼 장내가 너무 소란스러워지자 친척 오빠가 다시 나섰다.

"네, 맞습니다. 이분은 남진 선생님의 유명 이미테이션 가수 전남진 씨입니다. 그런데 오늘은 영 컨디션이 좋지 않으시군요. 여러분들께 많이 송구스럽습니다."

"으쩐지! 생김새허구 목소리가 쪼까 다르다 혔제!"

"전남진, 이름은 들어봤는데 직접 노랠 들어봉께 영 파이구마잉!"

몇몇 사람이 들고 있던 젓가락을 상에 내던지며 불만을 터트렸다.

"차라리 송대관 이미테이션 가수 송대광을 부르는 기 훨씬 나았을 낀디!"

"송대광도 있는감?"

"작년 봄에 완도 친척 집 잔치엘 갔었는디, 거그서 송대광이가 「네 박자」를 부르는디, 하객덜이 모두 발라당 뒤집어졌었당께!"

술에 흠뻑 취해 얼굴이 시뻘건 60대 중반의 할아버지가 자신이 좋아하는 가수를 초청하지 않은 걸 매우 아쉬워하더니 직접 노래까지 불러 흉내를 냈다.

"자, 여러분! 어쨌든 계약에는 네 곡을 부르기로 했으니 이제 세 번째 곡……."

친척 오빠의 입에서 세 번째 곡이라는 말이 나오자 하객들이 하나같이 그만두라고 소리를 쳤다. 심지어 딱딱하게 굳은 표정으로 술잔만 연신 비워대던 주인공 칠순 할아버지도 더 듣고 싶지 않다며 화를 버럭 냈다.

결국 초청 가수는 더 이상 마이크를 잡을 수 없었다. 그러나 거기서 일이 끝난 게 아니었다. 상황이 더욱 악화되었다.

"요게 뭡니까? 애초 약속한 금액 100만 원은 주서야죠?"

"아니, 노래를 다 안 했는데 어떻게 다 줍니까?"

약속한 초청비를 놓고 양측 간에 심한 말싸움이 벌어졌다.

"이놈아! 더 이상은 못 준다! 그게 노래야 잠꼬대야? 우리 집 강아지가 불러도 그보다는 낫겠다."

술에 취해 얼굴이 벌건 친척이 나서서 삿대질을 해댔다. 여차

하면 먹살이라도 잡고 흔들 기세였다.

"감기가 심하게 걸려서 그런 걸 어떡합니까? 이렇게 기쁜 날 잔치를 벌이신 측에서 이해를 해주셔야지요."

"나는 그런 거 이해 못 해! 어서 가! 얘들아, 저놈을 어서 끌어 내라!"

끝내 남진 이미테이션 가수는 밖으로 끌려 나가고 말았다. 그는 나가면서, 어디 잘 사나 보자, 오래 살지 못할 것이다, 등등 입에 담지 못할 욕설을 하고 악담까지 퍼부었다. 그것이 칠순 할아버지와 자식들은 물론 하객들의 화를 한층 더 북돋워 놓았다. 그 때문에 잔칫집 분위기는 얼음물을 끼얹은 듯 설한풍이 씽씽 불어 지붕 처마에 고드름이 열릴 판이었다.

"여기 술 좀 더 줘! 기분 잡쳐서 술이나 더 마셔야 허긋어!"

"여그도 더 주소. 원 별 개뻑다구 같은 천하 잡놈이 와서 잔칫집 분위기만 망쳐버렸당께! 썩을 놈!"

우리는 다시 쟁반을 들고 술과 안주를 나르기 시작했다. 그러나 처음 할 때보다는 한결 수월해 그다지 힘들지 않았다. 쟁반을 들고 마당을 돌며 한창 빈 그릇을 걷는데 은하의 친척 오빠가 다가왔다.

"야, 너희가 나가서 분위기 한번 살려볼래?"

조금 전에 대학생 밴드들이 두어 곡 불렀으나 분위기는 살아나지 않았다. 생뚱스럽게 팝송과 랩을 불러서 어른들이 거들떠보지도 않았다.

"좀 살려봐라! 너희들 노래 못해? 춤 못춰?"

"뭐, 좀 하기는 하지만……."

은하가 뒷말을 얼버무렸다.

"그럼 해봐! 티도 똑같은 걸 입어서 걸그룹 같다."

"그래! 너희가 해봐라! 내가 수고비 줄 테니까."

친척 언니 두 명도 와서 부탁을 했다. 그래도 은하가 자신이 없는 표정을 지었다.

그때였다.

"얘들아, 해보자!"

세주가 나섰다.

"이렇게 많은 어른들 앞에서?"

"어른들이면 어때? 잘하든 못하든 분위기 살려주는 게 중요한 거야."

"오히려 망칠 수도 있잖아?"

내가 말하자 세주는 고개를 저었다.

"아니야. 쭉 살펴보니까 대부분 술에 취해서, 신나는 옛날 노래 몇 곡이면 분위가 살아날 거야. 살짝살짝 춤도 추면서."

"그럴 것 같기도 하고."

"전에 우리 스트레스 풀려고 노래방에 갔을 때, 신나게 놀았었잖아? 그때처럼 하면 돼! 노래만 바꿔서."

세주는 노래 실력이 뛰어난 것은 아니었으나 모든 장르의 노래를 부를 줄 알았다. 빠르게 눈빛을 교환한 우리는 의견 일치를 보았다.

"좋아! 해보자! 오빠, 할게요."

"오! 그래. 고맙다!"

"오빠, 우리 방에 들어가서 준비하고 10분 후에 나올게요. 그때 우리를 거창하게 소개해주세요. 그룹명은 음, '차남구함'으로 하고요."

"알았어. 10분 후, 차남구함!"

세주가 즉흥적으로 그룹 이름까지 지어냈다. '오이소박이' 패처럼 각자의 성을 따서 지은 것 같았다.

우리는 아까 점심을 먹었던 작은방으로 들어갔다. 서로 상의해서 어른들이 좋아하는 노래를 두 곡 고르고 율동도 대충 합의했다. 그리고 밖으로 나갔다. 드디어 대학생 오빠가 우리를 소개했다.

"하객 여러분! 초청 가수를 잘못 불러들여 여러분께 심려를 끼쳐드린 점 사과드립니다. 다행히도 예쁜 소녀들 네 명이 가라앉은 잔치 분위기를 살려보겠답니다."

"살리긴 누가 살려? 그냥 술이나 마시고 갈 거야."

"아마, 이미자나 조용필이가 와도 안 살아날거! 암!"

"보나마나랑께. 여그 술이나 더 줘보드라고잉!"

이미테이션 가수한테 질려버렸는지 하객들은 기대를 하지 않았다. 대부분이 술잔을 비우며 끼리끼리 잡담을 나누기에 여념이 없었다.

"여러분, 차남구함을 소개합니다. 큰 박수로 환영해주십시오."

겨우 몇몇 사람만 건성으로 박수를 쳤으나 서너 번 투덕거리고 금방 멈췄다.

"안녕하세요! 저희는 방금 소개받은 남성여중 2학년 걸그룹 차남구함입니다. 부족하지만 귀엽게 봐주세요."

우리는 인사를 하고서 첫 곡을 부르기 시작했다. 사전에 무슨 노래를 부를 거라고 알렸기에 대학생 밴드 오빠들이 반주를 넣어주었다. 그들도 우리에게 기대를 하는 눈치가 아니었다.

"오~ 그대여 변치 마오~ 오~ 그대여 변치 마오~ 불타는 이 마음을 믿어주세요 말 못 하는 이 마음을 알아주세요."

두 소절이 지나자 잡담하느라 시끌벅적하던 장내가 쥐 죽은 듯 조용해졌다. 모두 입을 닫고 눈을 크게 떠 우리를 바라봤다.

"으마! 저 아그덜이 뉘기다요?"

"아, 진즉에 좀 오지 않고. 이제야 잔칫집 같네 그랴!"

"거 조용히 쫌 허시오. 마저 들어보게로."

사실 노래는 마이크를 잡은 세주가 다 하고 나, 은하, 인정이는 옆에서 입만 벙긋대며 율동을 맞추었다. 세주는 원래의 자기 목소리가 아니었다. 굵은 목소리의 자기 아빠 흉내를 내는 것 같았다.

"그 누가 이 세상을 다 준다 해도~ 당신이 없으면 나는 나는 못 살아~ 수많은 세월이 흐른다 해도 당신만을 당신만을 기다리며 살아갈 테야~."

첫 곡을 마치자, 하객들이 술잔을 내려놓고 칭찬을 아끼지 않았다. 잔칫집이 떠나갈 듯한 박수 소리가 이어졌다. 주인공 할아버지도 입이 함지박만큼 벌어져 우리한테서 눈을 떼지 못했다.

"고것들 곧잘 허능구먼 그랴!"

"아까매 쟈들이 누구라고 혔제? 차남 뭐라 혔는디?"

"차남구함이래요, 차남구함! 나는 장남구함이 훨씬 좋을 거 같은데!"

두 번째 곡이 이어졌다. 자신감이 붙은 우리는 목소리도 높이고 율동도 크게 했다. 나 역시 창피함이 가셔 열심히 따라 했다. 이번에 세주는 자기 엄마 목소리를 흉내 내 간드러지는 목소리로 감정을 많이 넣어서 노래를 불렀다.

"참을 수가 없도록~ 이 가슴이 아파도~ 여자이기 때문에 말 한마디 못 하고~ 헤아릴 수 없는 설움 혼자 지닌 채~ 고달픈 인생길을 허덕이면서 아아~ 참아야 한다기에 눈물로 보냅니다 여자의 일생~."

나이 지긋한 아줌마들과 할머니들이 우레 같은 박수를 쳐주었다. 그러면서 눈물, 콧물을 줄줄 흘리고 울먹이는 목소리로 신세 한탄을 늘어놓았다.

"맞당께, 맞당께! 여자덜 인생이란 거시 고런 것이당께!"

"아, 생각허믄 뭣한당가요? 눈물만 철철 흐르는 거제!"

"우덜이 고런 인생을 살아온 것을 쟈덜이 알랑가 모르것소이?"

앙코르가 사방에서 터져 나왔다. 한 곡 더 부르라고 난리였다.

세주가 밴드 오빠들에게 가서 뭐라 말을 하더니 돌아왔다. 곧 세주의 작은 입에서 앙코르곡이 흘러나왔다. 디스코 풍으로 편곡한 흥겨운 민요가락이었다.

"짜증은 내어서 무엇하나~ 성화는 받치어 무엇 하나~ 속상한 일도 하도 많으니 놀기도 하면서 살아가세 니나노~ 닐리리야 닐리리야 니나노~ 얼싸 좋아 얼씨구나 좋다 벌 나비는 이리저리 훨훨 꽃을 찾아서 날아든다~."

이번에는 하객들 모두가 폭발적인 반응을 보였다. 자리에서 얼쑤! 좋다! 추임새를 넣어주는가 하면 함께 따라 부르기도 했다. 심지어 몇몇 할아버지 할머니는 마당 가운데로 나와서 덩실덩실 어깨춤을 추었다. 하객들의 열기가 용광로처럼 펄펄 끓어 잔칫집에 불이 붙을 지경이었다.

성난 황소

"다른 데로 새지 말고 곧장 집으로 가서 예습, 복습을 해! 나중에 좋은 대학 가려면 지금부터 차곡차곡 실력을 쌓아야 한다고."

'국대잔(국민 대표 잔소리)'이라는 별명에 걸맞게, 종례를 마친 담임이 말끝에 또 잔소리를 붙였다.

"유비무환! 미리 대비하는 사람은 나중에 어려움을 당하지 않는다. 알았어?"

"네에!"

아이들 모두 큰 소리로 대답했다. 그러자마자 우르르 교실을 빠져나갔다. 우리 '차남구함' 네 명도 교실에서 나가 운동장을 가로질러 교문을 나섰다. 그 순간,

"야! 너네 이리 와!"

누군가가 큰 소리로 불렀다. 오이소박이 패거리였다. 그들이 교문 한쪽 옆에 몰려서서 손가락을 까닥거렸다. 우리를 기다리고 있었던 모양이었다.

"세주야, 그냥 가자!"

"그래. 똥이 무서워서 피하니? 더러워서 피하지!"

"아니야. 언제까지 저것들을 피해 다닐래? 결판을 내야 돼!"

세주가 잠시도 머뭇거리지 않고 오이소박이 패거리에게 성큼성큼 다가갔다.

"왔다! 어쩔래?"

"너네, 우리 화이브 엔젤을 비웃고 다닌다며?"

"너희가 화이브 엔젤이야?"

"그래! 몰랐어? 우리 다섯 천사를?"

엔젤이라니. 말도 안 되는 이름이었다. 어이가 없어서 나는 입이 떡 벌어졌다.

"천사? 크크크크! 나는 오이소박이로 알고 있었지."

"뭐? 뭔 소박이?"

"오, 이, 소, 박, 이!"

세주가 손가락으로 한 명 한 명을 가리키며 또박또박 말해주었다. 그제야 자기들 성을 딴 별명이라는 걸 알고 그 애들의 얼굴이 붉으락푸르락했다.

"이게 죽으려고 환장을 했나? 너희 다 이리 따라와!"

패거리의 짱인 오도희가 손짓을 하더니 앞장서 갔다. 다른 애들도 따라오라고 으름장을 놓았다.

"너희 발로 스스로 따라올래? 아님, 우리한테 개처럼 끌려갈래?"

"앞에 가! 내 발로 갈 테니."

세주의 당당한 모습에 나는 걱정이 되기 시작했다. 독이 오른 오이소박이 패들이 아무래도 큰일을 저지를 것만 같아서였다.

그들을 따라가 도착한 곳은 학교에서 가까운 소라산 공원 으슥한 곳. 그들 외에도 좋은 싸움 구경났다며 함께 몰려온 1, 2학년들이 열 명이 넘었다.

"야! 너, 내가 그동안 쭉 지켜봤었는데, 아주 시건방져! 이름이 뭐라고?"

"내 이름?"

"그래! 네 이름! 뭐야?"

이미 세주를 알고 있을 텐데 일부러 묻는 것이었다.

"너는 이름이 뭐니?"

"뭐? 내 이름을 몰라?"

세주가 되묻자 오도희가 우거지상을 지었다. 자기처럼 유명한 사람을 모른다고 자존심이 상한 모양이었다.

"내가 너 같은 애 이름을 어떻게 알아? 영자야? 아님 순자? 말자? 탱자?"

"어허! 너 아주 간덩이가 땡땡 부었구나? 내가 바로 오도희다. 오, 도, 희!"

"그래? 나는 구세주다. 구, 세, 주!"

세주도 자기 이름을 또박또박 댔다.

"뭐? 구세주? 그러면 네가 예수야? 그리스도야?"

오도희가 비아냥거리자 다른 애들도 한마디씩 거들었다.

"카호호호! 니 꼴에 무슨 구세주니? 저기 저 똥강아지 한 마리나 구하겠니?"

"내가 엄마 따라서 교회를 좀 다녔는데, 구세주라면 먼저 십자가에 박혀 죽어야 되는 거 아냐?"

"오늘 십자가에 박혀야지 뭐! 키키키!"

심한 인격모독에 인신공격이 이어졌다. 그러나 세주는 한마디도 지지 않고 또박또박 되받아쳤다.

서로 얼마간 말싸움을 하는 동안 구경꾼들이 더 몰려들었다. 우리 학교 애들뿐 아니라 인근의 남중 애들도 몰려와서 자리를 잡았다. 전화 연락을 한 건지 남중 애들 중에는 오이소박이 패거리의 친구들도 있었다. 침을 찍찍 뱉고 다리를 덜덜거리는 모양새가 영 눈꼴시었다.

"어우 씨! 우린 뭐냐? 응원해줄 남자 한 놈 안 오고."

"우린 여태 인생 헛살았어!"

"세주야, 네 동생 세우 부르자. 응?"

위기를 느낀 내가 세주를 보고 부탁했다. 세주 남동생이 와준다면 든든한 보호벽이 될 것 같았다.

"세우 키도 크고 덩치도 크니까, 힘도 셀 거 아냐?"

"뭐? 내 동생 세우? 꿈 깨라, 꿈 깨! 그 애 파리 한 마리 못 죽여!"

"정말?"

나는 믿을 수가 없어서 고개를 갸웃거렸다. 세주가 쐐기를 박는 말을 덧붙였다.

"바퀴벌레 한 마리 보고 10리는 도망가는 애야."

저만치 몰려 앉아 지켜보던 남중 애들이 크게 소리쳤다.

"야! 수다 배틀 그만두고 주먹 배틀을 해!"

"여자들 싸움이야 뻔해! 머리끄덩이 잡아 흔들고, 할퀴고, 꼬집고, 깨물고."

"그렇게 지저분하게 싸우지 말고, 그냥 화끈하게 양쪽 짱 둘이 나와서 일대일 데스매치로 붙어!"

일대일로 붙으라는 말을 받아들여 오이소박이 패에서는 오도희가, 우리 차남구함 패에서는 구세주가 나섰다.

"덩치를 보니 벌써 겜 끝났다."

"도희 덩치가 쟤보다 거의 두 배는 크다."

"도희야, 쟤 너무 심하게 패진 마라!"

"알았어. 너희는 거기서 응원이나 잘해! 이따 떡볶이 살게."

도희는 키가 170센티미터, 몸무게는 65킬로그램 정도였다. 반면에 세주는 키 158센티미터, 몸무게 48킬로그램에 불과했다. 누가 봐도 승산이 없는 싸움이었다. 하지만 세주는 조금도 기죽지 않고 당당했다. 오히려 나는 그게 허세로 보여 불안감이 증폭되었다.

"세준지, 생쥐지, 오늘 내가 버르장머리를 고쳐줄 테니, 고맙게 생각해라!"

"흥! 난 네가 그 주둥이를 더 못 놀리게 턱뼈를 부러뜨려줄 테니, 각오해라!"

교복 상의를 벗어 던진 세주와 도희의 싸움이 드디어 시작되었다. 선제공격을 한 것은 도희였다. 도희가 세주의 턱을 향해 무지막지한 주먹을 날렸다. 하지만 둔중한 움직임이라 세주가 가볍게 피하면서 옆구리를 가격했다.

"와! 세주가 피하면서 옆구리를 쳤어."

"그런데 끄떡도 안 하네!"

키와 덩치 차이가 워낙 커, 세주가 더 많은 공격을 해도 먹히지 않았다. 게다가 시간이 흐를수록 세주가 밀리는 형국이었다. 우리와 도희 패거리는 두 사람의 싸움을 지켜보며 응원전을 펼쳤다.

"도희야, 오래 끌지 말고 한 방에 날려버려!"

"세주야, 급소를 쳐야 돼. 급소!"

나는 싸움에 대해 아무것도 모르면서 마치 코치라도 되는 듯 이래라 저래라 지시를 해댔다. 전에 세주네 집 텔레비전에서 본 격투기 장면을 떠올리며 코치처럼 굴었다.

"세주야, 허리를 굽혀 피해가지고 다리를 잡아서 넘겨!"

"안 돼! 그러다 도희 저거한테 잡히면 끝나는 거야."

"그래. 계속 옆으로 돌면서 결정적 기회를 노려야 돼!"

은하와 인정이는 나하고 의견이 달랐다.

치고받고를 몇 번 거듭하다가, 내가 지시한 대로 세주가 허리를 굽혀 도희의 공격을 피했다. 그러고는 즉시 도희의 두 다리를 잡고 넘어뜨리기를 시도했다. 하지만 도희는 옴짝달싹도 하지 않았다. 오히려 그 기회를 포착한 도희가 세주를 위에서 잡고 찍어 눌렀다.

"도희야, 그대로 찍어 눌러서 납작 빈대떡을 만들어버려!"

"세주야, 옆으로 돌면서 빠져 나와야 돼!"

세주의 머리와 등을 자신의 가슴으로 찍어 누른 상태로 도희는 주먹질을 마구 해댔다. 양쪽 손을 다 사용해서 세주의 얼굴, 옆구리, 배를 반복적으로 강타했다.

"이제 게임 끝났다."

"그래도 저 작은 애, 꽤 오래 버틴 거야."

일방적으로 오도희를 응원하던 남중 애들이 관전평을 나누면서 키득거렸다. 그러다가 나, 은하, 인정이를 힐끔힐끔 쳐다보며 비웃음을 짓기도 했다.

"세주야, 힘내! 힘내!"

나는 안타까운 마음에 목이 터지도록 소리쳤다. 그러나 이미 세주는 힘이 다 빠졌는지 팔을 내뻗지 못했다. 그저 조금씩 버둥거리기만 할 뿐이었다.

"아아! 세주야!"

소리만 지르고 도와주지도 못하는 내 목소리에 울음기가 섞이기 시작했다.

"세주야, 그냥 졌다고 해!"

그대로 있다가는 세주가 크게 다칠 것 같아 내 입에서 그 소리마저 터져 나왔다.

바로 그때였다.

"이얏!"

천둥 같은 기합소리와 함께 세주가 허리를 폄과 동시에 뒤통수로 도희의 턱을 들이받았다. 성난 황소의 뿔 들이받기와 똑같았다. 그러고는 연속 동작으로 자기 몸에서 떨어진 도희의 배를 오른발로 힘껏 걷어찼다.

"으헉!"

뒤로 서너 걸음 밀려가서 벌렁 나자빠지는 오도희. 한 손으로는 턱을 잡고 또 한 손으로는 배를 문지르며 몹시 고통스러

위했다.

"어? 세주야, 너······."

"저거 어떡해?"

세주의 코에서는 검붉은 피가 뚝뚝 떨어지고 있었고, 한쪽 눈퉁이는 소라산 무덤처럼 둥그렇게 솟아 있었다.

그날 이후, 우리 차남구함 패와 오이소박이 패는 영원히 함께하지 못할 원수지간이 되어버렸다. 그래서 학교나 거리에서 마주칠 때마다 서로 눈을 찢어져라 흘기며 지나갔다. 우리는 그 애들이 복수의 칼날을 갈고 있다는 걸 느끼고 있었다. 특히 그 애들은 나를 첫 번째 목표물로 삼은 것 같았다. 나를 향해 주먹을 흔들며 욕설을 퍼붓는 입놀림을 보여주곤 했다. 그동안 그 애들에게 잡힐 뻔한 위태위태한 적이 두어 번 있었다. 그러나 잡히지 않았다. 그게 다 세주의 덕이었다. 세주가 있어서 나를 함부로 건드리지 못하는 것이었다.

2주쯤 지난 일요일이었다. 눈을 뜨니 환기창을 통해 흐릿한 빛이 들어와 방 안을 비추고 있었다. 나는 침대에 그대로 누워서 방 안을 둘러보았다. 지하실 특유의 습기 때문에 벽과 천장에 어느새 반이나 번져 있는 검은 곰팡이. 죽음의 그림자인 양 그 모습마저도 흉측스러웠다. 볼 때마다 병원 침대에 누워 숨을 헐떡이던 아버지의 마지막 모습이 떠올랐다. 바짝 마른 몰골,

움푹 들어간 두 눈, 하얘진 피부. 그 하얀 피부에 아메바 모양으로 번진 검은 반점들.

마치 우리나라의 지도 모양 같기도 한 검은 곰팡이가 곧 방 안 전체를 새까맣게 뒤덮을 기세였다. 눅눅한 습기와 서늘한 한기가 늘 맴도는 곳. 음침하고 습습하고 곰팡내뿐인 지하 방. 처음에는 그런대로 살 만해 보였는데 이제는 정말 싫었다. 깊은 바다 맨 밑바닥에 가라앉아 온몸이 차츰차츰 썩으며 죽어가는 기분이었다.

"아침마다 따스한 햇빛이 잠깐만이나마 비치는 그런 집에서 살아보고 싶다!"

검은 곰팡이를 살피며 그런 생각을 하다가 몸을 일으켜 밖으로 나갔다.

화장실에 갔다 와서 세수를 하고, 찬밥을 콩나물국에 말아 대충 아침을 먹고, 이빨을 닦았다.

"늦게 일어났더니 벌써 10시 반이네."

잠깐 쉰 후 빗자루를 들고서 막 공장 청소를 하려는데, 휴대폰이 울렸다. 얼른 받아보니 세주였다.

"세주야, 왜?"

"오늘 너무 덥지 않니?"

"덥지! 올해는 무더위가 일찍 시작됐다잖아?"

"그럼 우리 수영장 가자!"

"수영장?"

수영장이란 소리에 내 간이 뚝 떨어졌다. 지난달 초, 세주네 집에 갔을 때 수영을 가르쳐준다는 약속을 했기 때문이었다.

"그래. 수영장 가서 나 수영 좀 가르쳐줘!"

아니나 다를까. 세주가 그 얘기를 꺼냈다. 거짓말이 탄로 날 텐데. 심장이 두근두근 뛰고 입 속의 침이 바짝 말랐다. 절체절명의 위기였다.

"오, 오늘 꼭 배, 배워야 해?"

"일찍 배워둬야 이번 여름에 제대로 써먹지. 지금 약촌오거리 영등우체국 앞으로 나와."

"야, 근데 나 수영복이 없어."

수영복이 없다는 핑계로 위기에서 벗어날 심사였다. 그러나 통하지 않았다.

"그럴 줄 알고 내가 준비했어. 엄마 건데, 몇 번 안 입어서 새것이나 다름없어."

"아 참! 나 지금 청소해야 돼."

"청소? 그건 나중에 하고 빨리 나와!"

그 말을 하고 세주가 전화를 뚝 끊었다. 안 갈 수도 없고, 갈 수도 없고. 진퇴양난이었다. 들고 있던 빗자루를 바닥에 힘껏 던져버렸다.

"아이씨! 괜히 거짓말을 해서."

후회를 했지만 이미 엎질러진 물이었다.

아픈 주사를 맞으러 병원에 가는 아이처럼 어기적어기적 우체국 앞으로 나갔다. 세주가 소리를 버럭 질렀다.

"집이 어딘데 이렇게 늦게 오니? 땡볕에서 한참 기다렸잖아?"

"미안해! 청소 좀 해놓고 왔어. 근데 갑자기 웬 수영이야?"

"응. 아빠 회사에 수영장이 있는데, 작년보다 일찍 개장했대. 자, 따라와!"

"걸어서 가?"

"멀지 않아. 20분밖에 안 걸려."

나는 도살장에 끌려가는 송아지 심정으로 세주 뒤를 따랐다. 뜨거운 햇살이 뾰족한 화살이 되어 내 목덜미에 마구 꽂혔다. 이제 곧 수영을 못 한다는 사실이 들통 날 텐데. 뭐라고 변명을 해야 되나. 벌건 대낮인데도 눈앞이 캄캄했다.

"세주야, 너 저번에 오도희한테 맞아서 양쪽 옆구리 많이 아프다고 그랬잖아?"

"다 나았어! 그러니까 수영 배우려는 거지. 봐봐! 양쪽 팔 자유롭게 움직이잖아? 눈퉁이에 시퍼런 멍도 다 빠지고."

그동안 세주는 한쪽 눈에 허연 안대를 차고 옆구리에는 파스를 덕지덕지 붙이고서 등하교를 했었다. 반면에 오도희는 턱과 이빨을 치료하느라 검은 마스크로 입을 가린 채 학교를 오갔었다. 그 꼴이 우스워 우리는 멀리서 배꼽을 움켜잡고 킥킥거리곤 했었다.

"여기가 우리 아빠 회사야."

"어, 그래."

수위실에서 직원 가족이라는 확인을 받은 다음 안으로 들어 갔다. 커다란 건물 뒤쪽으로 빙 돌아가니 너른 잔디밭 끝에 수 영장이 보였다.

"저기야, 저기! 혜진아, 가자!"

"으응!"

주춤거리며 서 있는 내 팔을 세주가 잡아끌었다. 송충이 씹는 얼굴로 잔디밭을 반 넘게 갔을 때, 나는 회심의 미소를 지었다. 하늘이 무너져도 솟아날 구멍이 있다더니, 딱 그 짝이었다.

"애들이 많다, 세주야."

"그럼! 더워서 다 몰려왔을 테니까."

가까이 가보니 아이들이 바글바글했다. 주로 초등학교 저학 년들이었다. 수영장이라기보다는 물놀이 풀장에 가까웠다.

"세주야, 이런 데선 수영을 가르칠 수가 없어!"

"그러게. 많아도 너무 많다. 발 디딜 틈이 없네."

"그냥 가자!"

"뭘 그냥 가? 이왕 왔는데, 들어가서 좀 놀다 가야지!"

일단 탈의실에서 수영복으로 갈아입었다. 세주는 하얀색 비 키니였고 나는 파란색 원피스 수영복이었다.

"오! 혜진이 너 울 엄마 수영복 잘 어울린다!"

"그래?"

"응! 자, 이 모자도 써야지!"

수영 모자까지 쓰고 나니 나는 진짜 수영 선수가 된 기분이 들었다. 어깨가 으쓱해지며 고개에 힘이 들어갔다.

물 안에서 초등생들과 뒤섞여 얼마간 놀았으나 재미가 별로 없었다. 아이들에 치여 오히려 짜증이 났다. 그런데도 애들은 계속 몰려왔다.

"직원 가족들만 이용할 수 있다더니, 아무나 막 들여보내나 봐!"

"친구들을 데려오는 거겠지. 세주 너도 날 데리고 왔잖아?"

"너무 시끄럽고, 물도 더러워졌어!"

"나가자, 세주야."

우리는 수영장 밖으로 나가 나무 그늘 밑에 섰다.

"어? 세주야. 저거 봐!"

"뭐?"

"잔디밭에 저 녹색 저거, 클로버 아니니?"

"클로버네."

너른 잔디밭에 마치 섬처럼 클로버가 드문드문 군락지를 이루고 있었다.

"우리 네잎 클로버 찾아보자!"

"좋지! 행운의 네잎 클로버!"

세주와 나는 잔디밭에 쪼그리고 앉아 네잎 클로버를 찾기 시작했다. 두 눈에 힘을 주고 손으로 살살 헤치면서 잎이 네 개 달린 것을 골랐다. 그러나 좀체 눈에 띄지 않았다.

"혜진아, 누가 더 많이 찾나 시합하자!"

"좋아! 아이스크림 내기다?"

"그래!"

아이스크림을 걸자 세주와 나는 경쟁적으로 네잎 클로버를 찾았다. 두 눈을 더 크게 뜨고 머리를 더 가까이 풀밭에 들이댔다. 기를 쓰고 찾던 나는 아예 더 큰 군락지로 옮겨가서 승부를 걸었다. 하지만 욕심을 부릴수록 네잎 클로버는 더욱 눈에 띄지 않았다.

"세주야, 찾았니?"

"아니, 아직. 너는?"

"나도 아직!"

큰 군락지를 이 잡듯 뒤졌는데도 한 개도 찾아내지 못했다.

초조해진 나는 또 다른 군락지로 옮겨가서 열심히 풀을 뒤졌다. 못 찾으면 큰일이라도 생기는 것처럼 두 눈을 부릅떴다. 그러나 이거다 하고 뜯어보면 아니었고, 저거다 하고 뜯어보면 또 아니었다. 실수가 계속 이어졌다. 신경질이 났다.

"아, 왜 이렇게 눈에 안 띄는 거야?"

그러던 중에 세주가 소리쳤다.

"혜진아, 나 한 개 찾았어!"

세주의 외침 소리에 나는 전깃줄보다 긴 한숨을 내뱉었다. 그러고는 입술을 깨물고 눈동자를 최대치로 키웠다. 하지만 눈알이 시큰해지면서 앞이 노래졌다. 세잎짜리 클로버인지 네잎짜리 클로버인지 구별을 할 수조차 없었다.

"나 또 한 개 찾았어, 혜진아!"

세주의 두 번째 외침 소리에 나는 그만 풀밭에 털썩 주저앉았다. 나는 행운이 없는 아인가 보다, 생각하며 시무룩한 표정으로 하늘을 쳐다봤다. 한 개라도 찾으면 엄마가 나를 데리러 오거나, 최소한 전화 한 통이라도 해줄 것 같은데. 한숨이 연거푸새어 나와 땅이 꺼질 듯했다.

내가 더 이상 클로버를 찾지 않자 세주가 다가왔다.

"너 아직도 못 찾았어?"

"……!"

나는 대답도 하지 않았다.

"봐봐! 나는 두 개 찾았어!"

잎이 네 개 달린 행운의 클로버가 분명했다. 무척 부러웠다.

"난 행운이 없나 봐!"

나는 힘 빠진 목소리로 말했다. 정말 온몸의 힘이 쪽 빠졌다. 세주가 내 어깨를 토닥였다.

"뭘 그런 소리를 해? 이까짓 풀잎을 가지고."

그러더니 애써 찾은 네잎 클로버 두 개를 휙 던져버렸다.

"어? 그걸 왜 버려? 미쳤니?"

나는 깜짝 놀라 벌떡 일어서며 물었다. 나도 모르게 목소리가 크게 나왔다. 세주가 빙그레 웃었다.

"너도 참! 이게 뭔 행운을 주겠니? 그냥 하는 소리지!"

"……!"

"가자, 혜진아. 내가 아이스크림 사줄게."

그날, 햇볕에 피부가 그을리는 줄도 모르고 장시간 네잎 클로버를 찾았던 세주와 나는 뒷목과 등, 어깨의 피부가 까지고 쓰라려 일주일 내내 화상 연고를 발라야 했다. 다행히 세주 입에서 수영을 가르쳐달라는 소리가 다시는 나오지 않았다. 그러나 물과 관련된 엄청난 일이 나를 기다리고 있을 줄 나는 꿈에서조차 생각하지 못했다. 세주도 마찬가지였다.

태풍 마마

　어느덧 1학기가 끝나고, 여름방학도 지나고, 개학을 한 지 3일이나 되었다. 2학기에 나를 큰고모한테 보내겠다고 한 작은고모의 말 때문에 외나무다리를 건너듯 하루하루가 초조하고 불안했다. 그동안 친구들과 정이 깊이 들었고 학교도 싫지 않아 솔직히 덕적도 큰고모한테 가고 싶지 않았다. 하지만 그 말을 꺼내지 못하고 작은고모 눈치만 살피며 끙끙거렸다.

　"와! 저 바람 부는 것 좀 봐!"

　"나무 허리가 부러질 것 같다."

　아침부터 하늘이 심상치 않더니 정오가 지나자 바람이 점점 거세졌다. 학교 중앙의 너른 정원에 예쁘게 다듬어 놓은 정원수들과 담장을 따라 빙 둘러 서 있는 나무들이 미친 듯이 흔들렸다. 녹색 잎들이 무더기로 떨어져 찌르레기 새 떼처럼 공중에 흩날리기도 했다. 그러더니 저녁 무렵에는 장대비까지 쏟아졌다.

"우산이 있으나 마나네!"

"난 벌써 다 젖었어!"

"번개에 맞지 말고 조심해서 가!"

나는 하교하는 도중 강풍에 우산이 뒤집혀 찢어지고 비에 흠뻑 젖어 물에 빠진 생쥐 꼴이 되어버렸다. 그런 꼴로 터벅터벅 걸어가다가 약촌오거리 횡단보도에서 빨간불 신호등에 걸려 한참을 서 있어야 했다. 고장이 난 모양이었다.

"아이씨! 저게 왜 하필 이때 고장이 난 거야?"

나는 빨간 신호등을 노려보면서 망가진 스피커처럼 구시렁거렸다.

물귀신 모습으로 지하 공장으로 내려가자 미싱을 돌리던 고모가 놀라 일어섰다.

"아이구 저런! 어서 들어가서 대충 씻고 옷 갈아입어!"

함께 일하던 다른 아주머니들도 동작을 멈추고 바라보았다.

"우리는 미싱 소리 때문에 잘 못 들었는데, 밖에 비가 많이 오나 보구나?"

"예. 바람도 심하게 불어요."

"태풍 마민지 마만지가 올라온다더니 그게 정말 온 모양이다."

"중형급 태풍이라니까 큰 피해는 없을 거야."

나는 방으로 들어가 옷을 갈아입었다. 몸에 오소소 한기가 들며 어깨가 부르르 떨렸다. 아무래도 감기에 걸릴 것 같았다. 저녁 6시가 넘자 고모가 퇴근하면서 돈 만 원을 건네주었다.

"자, 이 돈으로 먹고 싶은 거 시켜 먹고, 일찍 자!"

저녁밥 차려 먹기 귀찮을 테니 편하게 배달 음식을 시켜 먹으라는 말이었다. 하지만 나는 저녁밥을 먹지 못했다. 이불을 덮고 누웠기에 몸이 떨리는 건 조금 나아졌지만, 머리가 지끈지끈 아프고 열이 나서 먹고 싶은 생각이 전혀 들지 않았다.

문제가 생긴 시점은 새벽 1시경이었다. 수건으로 머리를 동여매고 버티다가 깜빡 잠이 들었고, 창문이 흔들리는 소리에 놀라서 눈을 떴다. 강풍에 창문이 떨어져나갈 듯 요란스레 흔들리고 있었다. 마치 악마가 잡아 할퀴는 것처럼 그 소리가 소름을 돋게 했다. 게다가 창문 틈으로는 빗물까지 스며들어 방바닥에 물이 흥건히 고여 있었다.

"어쩌지? 어쩌지?"

어떡하면 좋을지. 너무 무섭고도 당황스러워서 아무것도 생각나지 않았다.

나는 탈출구를 찾는 다람쥐 모양 발을 동동거리며 방 안을 오갔다. 창문이 곧 깨져서 빗물이 금방 방 안 가득 고일 것만 같았다. 전등마저 깜박거려 공포심을 더욱 부추겼다. 그렇게 10여

분이 지났을까.

"아, 전화! 고모한테 전화를 해야 돼!"

휴대폰을 집어 들고 급하게 고모의 번호를 눌렀다. 하지만 고모는 전화를 받지 않았다. 늘 피곤해하는 고모였기에 깊이 잠든 모양이었다. 대여섯 번을 해봐도 마찬가지였다.

그사이 비바람은 더욱 강해져 창문 유리가 쩍쩍 갈라지기 시작했고 빗물이 더욱 많이 흘러들었다. 벌써 물이 방바닥에 상당히 고여 발을 옮겨놓을 때마다 찰방거렸다.

"저 유리창 깨지면 어떡해!"

양쪽 눈에 눈물이 그렁거렸다. 또다시 10여 분이 지나갔다.

"혹시?"

나는 다시 휴대폰을 들어 빠르게 번호를 눌렀다. 그러나 전화를 받지 않았다. 몇 번을 반복해서 걸어봐도 소용없었다.

- 엄마! 나 지금 많이 아파요. 전화라도 해주세요. 제발!

눈물을 철철 흘리며 문자를 보냈다. 그래 놓고 전화가 오기를 숫자를 헤아리면서 기다렸다. 하나, 둘, 셋…… 몇 천까지 헤아렸던가. 꽤나 긴 시간이 지났다고 느꼈을 때, 나는 엄마 전화를 포기하고 다른 번호를 눌렀다.

"얼른 받아줘. 얼른!"

"너무 너무 멋져 눈이 눈이 부셔 숨을 못 쉬겠어 떨리는 *Girl Gee Gee Gee Gee……*"

귀에 익숙한 컬러링, 소녀시대의 「Gee」라는 노래가 들렸다. 하지만 역시 전화를 받지는 않았다.

"받아! 제발 전화를 받아줘! 제발!"

나는 휴대폰에서 귀를 떼지 못하고 전화를 받아달라고 애원했다. 그러나 컬러링만 계속 흘러나왔다.

"너무 부끄러워 쳐다볼 수 없어 사랑에 빠져서 수줍은 *Girl Gee Gee Gee Gee……*"

그 긴 노래가 다 끝나고 다시 처음으로 돌아가, 두 번째 소절이 이어질 때야 저쪽에서 전화를 받았다.

"녀, 녀, 여보, 세여?"

잠에 취해 발음이 정확하지 않았다.

"세주야! 세주야!"

나는 하나님을 부르듯 큰 목소리로 세주를 불렀다.

"누, 누구, 세여?"

"나야. 혜진이. 남혜진!"

"응? 혜진이? 왜? 왜? 왜?"

세주가 연거푸 물었으나 나는 대답을 못 하고 울음을 터트렸다.

"지금 내 방 창문이 깨지고 빗물이 콸콸 흘러들고 있어. 아주 홍수가 났다고."

"방에 홍수가? 정말?"

세주는 내가 장난을 하는 줄로 아는 모양이었다.

"정말이야. 머리도 빠개지게 아프고. 나, 죽을 것 같아!"

"엄마 아빠 집에 안 계셔?"

"응. 다 나가셨어."

내 울음소리가 높아졌다. 나는 마치 엄마 전화를 받고 기뻐서 우는 것처럼 펑펑 울었다.

"친척들은? 친척 집 방 하나 얻어서 임시로 살고 있다며?"

"다 멀리 나가고 아무도 없어. 빨리 좀 와줘!"

"그래, 그래! 어디야? 어디로 가면 돼?"

계속 울면서 집 위치를 설명했다.

"너희 집에서 멀지 않아. 여기가 약촌오거리 건너 귀금속단지 길로 50미터쯤 들어오면……."

"응! 50미터 가서."

"우측 샛길에 진미가든이 보일 거야."

오가던 골목길을 머릿속에 떠올리면서 상세히 알려줬다.

"응! 우측 샛길에 진미가든!"

"그 진미가든 건너편에 3층짜리 건물이 있는데, 그 건물 지하야."

"3층짜리 건물 지하? 웬 지하?"

세주가 웬 지하냐고 놀란 목소리로 물었다.

"그건 와보면 알아. '원앙침구'라는 간판이 붙어 있으니까 빨리 와!"

"알았어. 금방 갈게. 머리 많이 아프다고 그랬지?"

"응! 송곳으로 머리를 막 쑤시는 것 같아. 죽겠어!"

"그러면 진통제 챙겨서 갈 테니까 기다려!"

전화를 끊고 난 나는 겨우 방 밖으로 나가서 공장에 불을 켰다. 빗물이 새어들어 공장 바닥에도 물이 고이고 있었다. 공장 곳곳에 빗물에 젖으면 안 되는 이불 원단과 완제품이 많았기에 그것들을 다른 곳으로 옮겨야 했다. 두통을 참고 끙끙거리며 부지런히 옮겼으나 모두 옮기기에는 역부족이었다. 계단을 힘겹게 올라가 1층 출입문의 잠금 장치를 풀었다. 바깥에는 천둥 번개가 요란스러웠고 굵은 빗방울이 출입문을 미친 듯이 때려댔다. 나는 다시 지하 방으로 되돌아가 축축한 침대에 쓰러져 가쁜 숨을 몰아쉬었다. 깨진 창문으로는 여전히 빗물이 콸콸 흘러들고 있었다.

"혜진아! 혜진아!"

얼마 후에 세주가 부르는 소리가 들렸다.

"어디 있어, 혜진아?"

"여기야, 여기. 이리 와!"

곧 방문이 벌컥 열리고 세주가 나타났다. 뒤집혀 망가진 우산을 든 채 비에 흠뻑 젖은 모습으로 세주가 달려와준 것이었다.

"세주야!"

순간 내 눈에서 또다시 눈물이 왈칵 쏟아졌다. 나를 버리고 가버린 엄마가 돌아온 것보다 더 반가웠다.

"혜진이 네가 왜 이런 데 있는 거야?"

"저, 그게 저……. 아, 머리 아파!"

"여기 진통제 가져왔어. 어서 먹어!"

세주가 건네주는 진통제 두 알을 받아 얼른 삼켰다.

"아니, 이게 웬일이니?"

방 안 곳곳을 둘러보고 상황을 파악한 세주가 입을 떡 벌렸다.

"새벽에 창문 흔들리는 소리에 깨어났더니……."

"저 창문부터 막아야겠다. 빗물이 계속 들어오잖아?"

"저걸 어떻게 막아?"

창문을 막는다는 소리에 나는 세주를 멀뚱히 쳐다보았다.

"이대로 있으면 여기 물이 많이 차지. 저 밖에 못 쓰는 이불 있던 것 같던데?"

"아, 그거 잘못 만든 불량품이야."

"우선 그거로 막으면 되겠다."

공장으로 나간 세주가 불량품 이불을 하나를 가지고 돌아왔다. 그러더니 책상으로 올라가서 환기창의 깨진 유리 조각을 빼내버렸다. 그런 다음 이불을 적당히 접어서 창문 밖에다 이불 둑을 만들었다. 그러자 빗물이 더 이상 흘러들지 않았다.

"봐. 됐잖아?"

"와아!"

감탄으로 벌어진 내 입이 다물어지지 않았다. 누구한테 배운 건지, 혼자 생각해낸 건지, 세주는 위급 상황에서 머리가 참 잘 돌아갔다.

"조금씩은 스며들겠지만, 네 방과 공장이 물웅덩이가 되진 않을 거야."

"고마워, 세주야! 정말 고마워!"

"고맙기는 뭐! 근데 너 왜 여기서 이렇게 사는 거야? 새로 짓는다는 집하고 공장은……."

"그거 내가 자세히 말해줄게."

나는 황급히 세주의 말을 끊고 혀를 내밀어 입술부터 축였다.

"저, 사실은……."

겨우 입을 열었으나 말이 나오지 않았다.

"사실은 뭐?"

"세주야, 미안해! 사실 내가 너한테 거짓말을 한 거였어."

"……!"

"솔직히 말할게. 아버지는 지난 3월 중순에 병 때문에 돌아가시고, 엄마는, 엄마는 멀리 가버렸어."

용기를 내서 더듬더듬 말했다. 사실과 진실을 말하는 데 용기가 필요하다는 걸 뼈저리게 느끼면서. 거짓은 언젠가 들통이 나게 마련이라는 걸 깨달으면서.

"엄마가 가버리다니?"

"나를 작은고모한테 맡기고 떠났어."

"너를 버리고 도망갔다는 말이야?"

"응! 여기는 작은고모가 운영하는 이불 공장이야. 우리 아빠가 큰 공장을 짓고 있다는 말도, 엄마가 시내에서 이불 가게를 한다는 것도 다 거짓말이었어."

거짓말이었음을 실토하는 내내 나는 입 안에 침이 마르고 손이 떨렸다. 부끄러움에 얼굴이 뜨거워졌다.

"나, 이 지하 공장 창고방에서 혼자 살아."

"그럼 혼자서 자취하는 거네?"

"완전 자취는 아니고, 밥만 내가 해! 반찬은 고모가 출근할 때 가져다주고."

세주가 모든 걸 다 파악했다는 듯이 고개를 느리게 끄덕거렸다. 세주가 실망하고 돌아갈까 봐 조마조마했다.

"그랬구나!"

"세주야, 나 이런 데 산다는 거, 엄마 아빠가 없다는 거, 다른 애들한테 절대 말하면 안 돼! 비밀로 해줘! 응?"

"알았어. 비밀로 해줄게. 걱정하지 마!"

세주가 자기네 집으로 가서 자자고 했지만 나는 고개를 저었다. 새벽 시간에 세주 부모님한테 폐를 끼치고 싶지 않았다. 그리고 숨기고 싶은 것들을 꼬치꼬치 물어볼까 두려웠다. 나는 세주하고 둘이 좁은 침대 위에 나란히 쪼그리고 앉았다. 밖에서는 여전히 바람이 몰아치고 폭우가 쏟아졌지만 도란도란 이야기를 나누었다. 세주와 같이 있으니 무서움도 사라지고 두통도 가라앉아 나는 키들키들 웃기까지 했다. 그악스런 바람 소리와 귀청을 할퀴는 폭우 소리가 음악처럼 들렸다.

그러다가 갑자기 천둥이 크르릉 울리고, 번개가 번쩍 치는 바람에 나는 세주를 와락 끌어안았다.

"혜진이 넌 천둥소리를 무서워하는구나?"

"너는 안 무서워?"

"나는 천둥소리는 별로 안 무섭고……."

"그럼 넌 뭐가 무서워?"

세주가 한참 뜸을 들이다가 대답을 툭 내뱉었다.

"닭이 무서워!"

"뭐야? 닭?"

"웅! 난 암탉이 제일 무서워!"

"암탉? 세주 너, 지금 나 놀리는 거지?"

기가 막혀서 나는 배꼽이 빠져라 웃었다. 아니, 세상에! 닭을 무서워하는 사람도 있다니. 쥐나 뱀이라면 몰라도.

"아니야. 난 진짜 암탉이 무서워!"

"그깟 암탉이 왜 무서워?"

"그게, 저, 얘기해줘?"

"응! 해줘 봐!"

그래도 세주는 좀체 얘길 않고 입맛만 쩝쩝 다셨다. 아무래도 장난일 가능성이 높았다.

"너, 닭고기 먹고 심하게 체한 적이 있구나?"

"아니!"

"그럼 족제비한테 뜯어 먹혀 죽은 닭 시체를 봤지?"

"그것도 아냐!"

"아니, 그럼 뭐 때문에 암탉이 무서운 거야?"

헛기침을 두어 번 하고 난 세주가 드디어 이야기를 시작했다. 표정이 진지하고 목소리가 무거웠다.

"나, 초등학교 3학년까지 외할머니가 키웠어."

"그래?"

"응. 경북 고령 지산리에 있는 외할머니 집에서 내 동생 세우랑 열 살까지 살았다고."

주소까지 대는 걸 보니 거짓은 아닌 것 같았다.

"왜?"

"우리 엄마 아빠가 결혼하고서 단칸 셋방에 살았는데, 회사 다니느라 우리를 키울 수 없었대."

"너희 외할머니 고생하셨겠다."

나는 아주 어렸을 때 외갓집에 여러 번 갔었다고 엄마한테 들었다. 그러나 외할머니에 대한 기억이 없었다.

"하여튼 엄마 아빠 둘이 10년 동안 열심히 돈을 벌어서 지금 그 아파트를 산 거래. 나하고 내 동생을 하루 빨리 데려오려고 이를 악물고 일을 했대."

"아, 그러셨구나!"

"내가 초등 1학년 때 외할머니하고 외할아버지가 고령 장마당에 가셨거든, 나하고 동생은 집 마당에서 놀고 있었고."

세주의 표정이 약간 굳어졌고 말이 느려졌다.

"그런데?"

"놀다가 세우랑 뒷마당에 있는 닭장으로 갔었어."

"갑자기 닭장엘 왜 갔어?"

"병아리 보려고 갔지! 암탉이 병아리를 열세 마리나 깠거든."

샛노란 병아리들의 귀여운 모습이 내 눈앞에 그려졌다. 단체로 삐약거리는 환청이 귀에 들렸다.

"세우가 병아리 만져보자고 닭장 문을 열고 안으로 들어갔어. 할머니가 밖에서만 보랬는데."

"왜 밖에서만 봐?"

"병아리 예쁘다고 만지면 죽을 수도 있대."

"아, 맞다. 나도 그 소리 들어본 적 있어."

초등학교 때 담임한테 들어본 말이었다. 손에서 병균이 옮겨가 병아리가 죽을 수 있다면서 손 씻기를 강조했었다.

"나도 따라 들어갔지! 그리고 병아리들을 지켜보다가, 세우가 한 마리 잡으려는데……."

"잡으려는데?"

"갑자기 암탉이 막 달려드는 거야. 세우하고 난 죽어라 도망 쳤지!"

"그래서?"

나는 상체를 옆으로 완전히 돌려서 세주 얼굴을 똑바로 바라 봤다.

"도망가는데, 암탉이 계속 쫓아오는 거야! 그러다가 돌멩이에 걸려 넘어졌어."

"어이쿠! 저런!"

"땅바닥에 넘어져 있는데, 그 암탉이 내 귀를 막 쪼아댔어. 여 러 번 반복해서 피가 나도록. 나는 막 울고, 피가 막 흐르고."

그 당시가 떠오르는지 세주가 몸서리를 쳤다. 정말로 공포를 느끼고 있는 눈빛이었다.

"네 동생은?"

"세우 걔는 먼저 저만치 도망가서 구경만 하더라고."

"먼저 도망가서 구경만 해?"

"그래. 내 동생 세우 걔 남자도 아냐! 완전 겁쟁이에다가 졸장 부야. 남자 놈이 커서 뭐가 되려고 그런지. 정말 한심해!"

그래도 동생인데 졸장부라는 말은 좀 심하다 싶었다. 내가 슬쩍 한마디 했다.

"왜 동생 험담을 하니?"

"뭐? 너, 왜 내 동생을 두둔하는 거야?"

"두둔하는 게 아니라, 그냥, 그, 저, 뭐……."

세주가 발끈하자 나는 뭐라 변명할 말이 생각나지 않았다. 입안에 자두알을 물고 있는 것처럼 발음조차 어려웠다.

"어머머머! 얘 좀 봐! 너, 혹시 내 동생 좋아하는 거 아냐?"

"좋아하는 게, 아니라, 그냥, 그게……."

"어? 정말인가 봐!"

"아, 아니야. 다음 얘기 마저 해줘!"

"그래서 암탉 그 뭐냐? 트, 트라우마가 생겼다고. 난 암탉이 제일 무서워!"

세주가 들려준 암탉 얘기에 나는 기분이 우울해졌다. 가축인 암탉도 자기 새끼를 버리지 않고 끝까지 지키고 보호하는데, 엄마는 왜 나를 버리고 갔는지. 나는 입술을 깨물고 엄마를 원망했다. 그러면서 자는 척을 하다가 정말 깜박 잠이 들었다.

"엄마야! 따라오지 마! 저리 가! 가!"

세주의 잠꼬대 소리에 깨어보니 아침 7시 15분이었다. 세주를 흔들어 깨웠다.

"세주야, 너 꿈꿨구나?"

"응! 무서워!"

아마 암탉에게 쫓기는 꿈을 꾼 것 같았다. 나는 몸을 잔뜩 움츠리는 세주를 꼭 끌어안아주었다.

"어머! 그렇게 심하던 비바람이 완전히 그쳤나 봐!"

창문에 아침 햇볕 한 줌이 붙어 있었고 참새 떼의 지저귐 소리가 창틈으로 들려왔다. 나는 항상 당당하고 겁이 없는 세주에게 김치볶음밥을 맛있게 해주기로 마음먹었다. 세상에서 암탉이 가장 무섭다는 내 친구 구세주만을 위해서.

사분오열

    학교는 마치 전쟁터의 폐허 같았다. 소라산 일부에 산사태가 나서 토사가 학교로 유입되었기 때문이었다. 다량의 토사가 중앙정원을 덮쳐 완전히 망가뜨렸고, 1층 교실 몇 개도 큰 피해를 입었다. 학교 벽돌 담장은 도미노식으로 다 쓰러져 성한 곳이 없었다. 그리고 도로와 접한 학교 땅이 무너지며 생긴 어마어마한 양의 흙이 운동장 전체를 뒤덮어버렸다. 가장 큰 피해는 실내 체육관이었다. 체육관 지붕이 폭삭 내려앉아 내부가 엉망진창이 되었고, 외벽 곳곳에 거미줄처럼 금이 생겨 붕괴되기 직전이었다.

    "돈으로 환산하면 피해액이 수십억 원이래!"

    "수십억?"

"그래. 그것도 대충 집계한 게 그렇대!"

태풍과 폭우로 입은 학교의 물적 피해액이 엄청났다. 적게 잡아도 60억 원이라는 말이 떠돌았다. 더욱이 학교 벽돌 담장을 따라 주차해놓은 차량 50여 대의 피해는 별도로 보상해주어야 된다는 것이었다. 이틀 뒤 지방 신문에 우리 학교 폭우 피해에 대한 기사가 났다. 텔레비전 뉴스에도 잠깐 보도되었다. 그 때문인지 학교에는 흉흉한 소문이 떠돌았다.

"신문 방송에, 우리 학교가 오래된 사립 학곤데 보수를 제때제때 안 해서 피해가 컸다고 났대."

"재단에 돈을 쌓아두고도 학교 보수에는 한 푼도 안 썼다더라."

"이사장하고 이사들이 자기들 욕심만 차리는 못된 사람들이래!"

"어쩌면 우리 학교, 폐교될지도 모른다는 말도 있어."

출처를 알 수 없는 흉흉한 소문은 눈덩이처럼 불어났다. 전혀 사실무근이라는 소리도 들렸으나 나쁜 소문에 금세 묻혀버리고 말았다.

학교 전체가 매일매일 태풍 피해 복구 문제로 시끌벅적했다.

"학교 분위기가 엉망진창이야."

"그러게 말이야. 물적 피해도 크지만 정신적 충격도 상당해."

"나도 마음이 심란해서 수업이 잘 안돼요."

선생들은 마음이 심란하다며 수업에 충실하지 못했고, 학생들은 학교가 어수선해서 공부가 잘되지 않았다.

"공부할 마음이 안 생긴다."

"그냥 앉아서 시간만 보내는 거지 뭐!"

"언제까지 이래야 되는 거야?"

"그걸 누가 알겠니?"

인근 주민들마저도 우리 학교 걱정을 하며 혀를 찼다.

"저 소라산이 무너져서 애들 학교를 덮쳤으니. 쯧쯧!"

"어째 남성여중만 그렇게 피해를 크게 입었지?"

"소라산에 가깝게 붙어 있으니까 그렇지! 그나마 사람이 다치지 않은 게 천만다행이야."

지하 공장에 들어서자 고모와 미싱 아줌마들도 우리 학교 얘기였다.

"혜진아, 너희 학교 피해가 그렇게 크니?"

"예, 꽤 많이 무너져서 다 복구하려면 최소 수십억 원이 든대요."

"아유! 고걸 우짜야 쓰까이?"

모두들 걱정을 해주어 고마웠다.

그러나 하루하루가 지날수록 걱정 근심이 갈등으로 변환되었다. 피해 복구 순서와 방법에 대한 의견 대립 때문이었다. 특히 학교에서는 4패로 분열되어 갈등을 빚더니, 크게 2패로 모아져 심각한 대립 구도가 형성되었다. 일명 운동장파와 체육관파가

확연히 갈라진 것이었다.

운동장이 먼저다. 아니다, 체육관이 먼저다. 국회 여야 의원들 간의 싸움은 저리가라였다. 힐난, 비방에 삿대질은 물론 상스러운 욕설까지 퍼부었다. 여차하면 패싸움이라도 벌일 태세였다. 이사회와 교직원회는 물론 동창회와 학부모회, 심지어 학생들도 학년별, 반별로 두 쪽으로 갈라지고 말았다. 반에서도 또 패가 나뉘었다.

우리 반도 아이들이 2패로 분리되어 심심하면 말싸움을 벌였다.

"운동장이 먼저지. 운동장은 여고 언니들도 함께 쓰는데."

"체육관은 여고 언니들이랑 함께 안 쓰니?"

"맞아! 비가 올 때면 체육관이 필요하지!"

"한꺼번에 여러 반이 체육관을 쓸 수 있니? 기껏해야 두 반이지."

우리 네 명도 둘로 쪼개져버렸다. 인정이와 은하는 운동장파, 나하고 세주는 체육관파였다. 하지만 다행히 우리는 몇 번 티격태격하다가 그만두고 말았다. 말싸움을 해봤자 입만 아플 뿐 아무 소용이 없다는 걸 깨달았기 때문이었다.

"야, 우리끼리 싸워봤자 뭐하니? 입만 아프지!"

"말짱 도루묵이야! 서로 감정만 상하고."

"맞아! 복구할 돈이 없는데 싸워서 뭐 해? 싸워서 돈 나오면

석 달 열흘이라도 싸우겠다."

재단에 돈이 없다는 건 모두가 잘 알고 있었다.

"그나저나 이러다가 우리 학교에서 패싸움 크게 일어나는 거 아냐?"

"맞아! 그래서 우리 학교 아예 폐교될지도 몰라."

"정말 그럴 수도 있겠다."

그렇게 며칠이 지나자 갈등이 최고조에 이르렀다. 학교에 팽팽한 긴장감과 일촉즉발의 위기감이 밤안개처럼 맴돌았다. 사태가 심상치 않음을 깨달은 이사장과 교장 선생이 팔을 걷고 나섰다. 이사장은 이사회를, 교장은 교직원 회의를 하루에도 두세 번씩 열어 학교 재정 상태를 솔직하게 공개하고 진지하게 양측을 설득했다. 그리고 단합 단결을 부르짖었다.

"얘들아, 학교에서 돈을 걷기로 했대."

"복구비로 쓸 돈?"

"그래. 이사회가 앞장선대."

재단 이사장을 비롯한 이사들이 먼저 개인 재산을 내놓기로 결정했고, 실제로 25억 원이 걷혔다. 그를 필두로 총동창회와 학부모회, 교직원회와 학생회도 동참해 약 8억 원이 추가로 모금되었다는 발표가 있었다. 그러나 피해를 완전히 복구하기에는 크게 부족한 액수였다. 교육지원청에서 보조금 지원을 논의 중이라는 소문이 돌았으나, 실제 언제 얼마가 지원될지 모른

다는 것이었다. 담임은 기껏해야 2억 원 정도일 거라며 기대하
지 않는 게 낫다고 덧붙였다.

　수요일, 2교시를 시작한 후 채 10분이 지나지 않아서였다.
많은 사람들이 한꺼번에 외치는 소리가 창문을 통해 들어와 교
실 안에 울려 퍼졌다. 그 소리에 모두들 창문 밖으로 고개를 돌
렸다. 칠판에 한반도 지도를 그리고서 고구려, 백제, 신라를 구
분하던 사회 선생 유라큐라가 동작을 멈추고 창문 밖을 바라보
았다.
　"뭐라는 소리야?"
　"뭘 보상하라고 그러는 것 같은데요."
　반장 지소영이 뒤통수를 긁적이며 어정쩡하게 대답했다.
　"뭘 보상해?"
　"글쎄요. 그게⋯⋯."
　누군가가 무엇을 즉시 보상하라고 선창을 하면 다른 사람들
이 한꺼번에 '보상하라!'를 세 번 복창했다. 그러나 앞부분이 들
리지 않아 구체적으로 무얼 보상하라는 말인지 알 수가 없었다.
확실하지 않으니까 그게 오히려 궁금증을 유발시켜 귀를 기울
이게 했다.
　"야, 시끄럽다. 창문 다 닫아라!"
　사회 선생의 지시에 창가에 앉은 아이들이 창문을 전부 닫았

다. 그러자 소리가 작게 들리기는 했으나 곧 마찬가지가 되었다. 사람들의 목소리가 점점 더 커져가고 있었기 때문이었다.

"아, 그거 참! 대체 어디서 저러는 거야?"

참다못한 사회 선생이 짜증을 내며 창문으로 다가가 까치발을 했다. 그 자세로 교문 밖을 이리저리 살폈다.

"에잉? 저 사람들 뭐야?"

사회 선생이 우거지 인상을 쓰며 닫힌 창문을 다시 열었다.

"너희들, 조용히 해봐! 뭔 소린지 들어보게."

모두들 입을 다물고 쥐 죽은 듯이 가만히 있었다. 외침이 똑똑히 들렸다.

"피해 보상 즉시 하라!"

"피해 보상 즉시 하라!"

"서민 피해 외면하는 학교 재단 반성하라!"

"서민 피해 외면하는 학교 재단 반성하라!"

그 소리를 듣고 아이들이 웅성거렸다.

"우리 학교가 큰 피해를 입었는데, 뭘 보상하라는 말이지?"

"엉뚱한 데로 잘못 온 사람들 아니야?"

"조용히! 대한민국 자유 국가 맞군! 학교에 몰려와서 제멋대로 데모를 해대고. 교양이라고는……. 쯧쯧!"

사회 선생이 이맛살을 찡그리며 혀를 내둘렀다.

"어디서 하는 거예요?"

"저쪽 이사장실 앞이야. 거기 30여 명이 몰려와서 데모를 하고 있어."

"왜요?"

"차! 자기들 차가 우리 학교 담장이 무너지는 바람에 피해를 입었다는 거지!"

고개를 갸웃갸웃하던 세주가 큰 소리로 물었다.

"선생님, 그걸 우리 학교가 물어줘야 돼요?"

"담장 관리를 안 해서 입은 피해라 우리 학교에서 물어줘야 한대."

"일부러 그런 게 아닌데도요?"

이번에는 내가 물었다.

"일부러 안 그랬어도 남의 재산을 손상했으면 보상을 해주는 게 맞지."

"그래요?"

"자연재해로 인한 피해일 경우는 안 해줘도 되는 걸로 아는데. 그 부분은 나도 자세히 모르겠다."

사회 선생은 모르는 건 솔직하게 모른다고 하는 장점이 있었다.

잠시 후, 요란한 사이렌 소리가 들리는가 싶더니 경찰차 두 대가 나타났다. 학교에서 경찰에 신고를 한 모양이었다. 곧 구호 외침이 그치고 한동안 소란스러웠다.

"다 잡혀가는 건가?"

"모르지!"

2교시가 끝나고 쉬는 시간에 화장실에 갔다 온 아이들이 상세한 소식을 전했다.

"경찰차는 다 돌아가고, 데모하러 온 사람들은 그대로 있어."

"그래? 왜 그대로 있는 거야?"

"데모대 대표 두 명이 이사장실로 들어가서 협상중이래."

"우리 수업하는 데 방해된다고 이사장님이 대표랑 대화를 해 보기로 했대."

점심시간이 되자 우리 네 명은 급식실로 서둘러 달려갔다. 점심을 빨리 먹고 국어 수행평가를 준비하기 위해서였다. 교과서에 실린 시 두 편을 외우고, 그 두 편의 시를 비교 분석해서 설명하라는 것이었다.

"외우지도 못하는 걸, 비교 분석을 어떻게 해?"

"우리가 대학생도 아닌데, 과제가 너무 어려워!"

"점심 빨리 먹고 시라도 외워야지 기본 점수를 받아."

지난주에 내준 과제이기에, 며칠 동안 음악실 앞 화단 라일락 나무 밑에서 함께 시 두 편을 외우려고 노력은 했었다. 김소월의 「진달래 꽃」과 윤동주의 「별 헤는 밤」이었다.

"나 보기가 역겨워 가실 때에는, 말없이 고이 보내 드리오리다."

"영변에 약산 진달래꽃, 아름 따다 가실 길에 뿌리오리다."

우리는 배식 줄을 서서 시를 외워보았다.

"계절이 지나가는 하늘에는, 가을로 가득 차 있습니다."

"나는 아무 걱정도 없이 가을 속의 별들을 다 헤일 듯합니다."
앞부분은 외웠으나 시를 통째로 다 외우는 친구는 아무도 없었
다. 그나마 내가 가장 많이 외워서 반 넘게 암송할 수 있었다.

"아! 시 외우는 거 정말 짜증 나!"

"자꾸 헷갈려. 미치겠다!"

점심으로 나온 메뉴는 카레라이스였다. 빨리 먹기 시합이라
도 하듯, 우리는 배식을 받자마자 가까운 식탁에 앉아 허겁지겁
퍼먹었다. 나는 밥 먹는 속도가 느려서 마음만 급할 뿐 숟가락
을 제대로 놀리지 못했다.

"야, 너무 빨리 먹지 마! 나랑 속도 좀 맞춰줘!"

"팍팍 퍼먹어! 이만큼씩."

"나는 그렇게 못 먹는단 말이야."

세주, 인정이, 은하가 거의 동시에 접시를 비우고 일어났다.
나는 아직 3분의 1이나 남아 있었다. 아이들이 식판을 반납하러
가자 다급해진 나는 두 번 더 떠먹고 숟가락을 놓았다.

"같이 가!"
내던지듯이 식판을 반납하고 서둘러 친구들을 따라갔다. 그러
나 급식실로 들어오는 아이들과 나가는 아이들이 많아서 이동
하기가 쉽지 않았다.

"별 하나에 추억과, 별 하나에 사랑과, 별 하나에……."

시 구절을 읊조리며 좁은 통로를 거의 다 지나 본관에 다다랐을 때였다.

"아얏!"

누가 내 어깨를 세게 치고 지나갔다. 걸음을 멈추고 뒤돌아보니 낯익은 얼굴, 박태옥이었다.

"야! 왜 치고 지나가?"

너무 아파서 따라가며 소리쳤다.

"야, 거기 서봐!"

"뭐야?"

"방금 네가 내 어깨 치고 갔잖아?"

"내가 그랬나? 네가 날 친 거 아냐?"

박태옥이 시치미를 뚝 떼고, 오히려 나에게 덮어씌우는 바람에 순간적으로 분노가 치솟았다.

"무슨 소리야 그게?"

말다툼이 벌어지자 급식실로 앞서가던 그 애 패거리가 되돌아왔다. 오이소박이 패. 가슴이 두근거렸다.

"태옥아, 왜 그러니?"

"이게 내가 자기 어깨를 치고 갔다고 시비를 걸잖아. 재수 없게!"

"얘, 구세주 꼬붕이잖아?"

"그러잖아도 눈꼴시었는데, 너 맛 좀 볼래?"

오도희가 나를 매섭게 노려봤다. 눈빛이 시퍼래 오금이 저렸으나 나는 물러서지 않았다.

"무슨 맛을 봐? 얘한테 그냥 사과하라고 그러는 중인데."

"내가 왜 사과를 해? 네가 먼저 친 거니까 네가 먼저 사과해야지!"

"뭐? 나 참, 기가 막혀서."

박태옥의 너무나도 태연스런 거짓말에 나는 말문이 턱 막혔다.

"너, 우리 태옥이한테 빨리 사과해!"

옆에서 지켜보던 오도희가 이번에는 주먹을 치켜들고 명령했다. 겁이 났으나 웬일인지 나는 고개를 저었다.

"싫어! 내가 사과를 받아야 하는데, 왜 사과를 해?"

"너 따라와!"

그 말을 내뱉은 오도희가 갑자기 내 머리카락을 움켜잡았다. 그러자마자 무지막지하게 끌기 시작했다.

"아아아아!"

나는 비명을 지르며 급식소 뒤 으슥한 곳까지 질질 끌려갔다. 오도희의 힘이 워낙 강해 속수무책이었다. 오도희의 손아귀에서 벗어나려고 서너 차례 버둥거려보았지만 소용없었다. 족제비한테 붙잡힌 병아리 꼴이었다.

"아아! 그만 놔줘!"

"사과할 거야? 안 할 거야?"

"사과 못 해!"

나도 자존심이 있어서 사과 못 한다고 대답했다. 그러자 오도희가 손아귀에 더욱 힘을 줘 내 머리를 흔들었다. 머리카락이 다 뽑힐 지경이라 나는 처절하게 비명을 질렀다. 세주가 와주기를 간절히 바라면서. 하지만 내가 오도희한테 폭행당하고 있다는 사실을 까맣게 모르는 세주가 와줄 리가 없었다. 그건 불가능한 일이었다.

"으아아아!"

그 와중에 오도희 패거리들은 일방적으로 당하고 있는 나를 살펴보며 재밌다고 웃었다. 가장 약해 보이는 나를 일부러 택해서 어깨를 친 것이 분명했다.

"키키키! 꼴 좋다!"

"도희야, 아주 머리카락을 다 뽑아서 대머리를 만들어줘!"

"크흐흐흐! 그게 좋겠다. 그래야 다시는 우리한테 못 덤비지!"

지렁이도 밟으면 꿈틀한다고, 오기가 생긴 나는 어금니를 악물었다. 그리고는 손을 오도희의 치마 밑으로 넣어 허벅지 안쪽 살을 무자비하게 꼬집어 뜯었다.

"까아아악!"

그러자 오도희가 학교가 무너질 정도의 고성을 내지르며 내 머리를 놓았다.

"혜진아!"

누가 알렸는지, 세주가 나타난 것은 바로 그 순간이었다. 세주는 사태를 금방 알아차리고 허리를 굽힌 채 허벅지를 문지르고 있는 오도희의 뒤로 돌아갔다. 그 즉시 양쪽 팔로 오도희의 허리를 힘껏 껴안고 주저앉으면서 뒤로 훌렁 넘겨버렸다. 이종 격투기의 '백 드롭'이라는 기술이었다.

"쿵!"

오도희의 등이 땅바닥에 떨어지는 소리가 대포 소리보다도 더 컸다. 오도희가 일어나서 반격할 기회를 주지 않고, 세주는 큰대자로 뻗어 있는 오도희의 오른팔을 잡아서 자신의 왼발로 감았다. 팔을 꺾어버리는 '기무라 락' 기술을 시도하려는 것이 확실했다.

"까으아악!"

곧 오도희의 입에서 티라노사우루스의 울부짖음 같은 괴성이 터져 나왔다.

"너, 내 친구 혜진이한테 사과해!"

"내 팔 놔줘!"

"빨리 사과부터 해! 안 그러면 팔을 아주 부러뜨릴 거야."

세주가 다시 힘을 주었다.

"까으아아악!"

"어서 사과하라니까!"

"놔줘! 제발 놔줘!"

"셋을 셀 동안 사과 안 하면 정말 부러뜨린다. 하나! 둘! 셋!"

그때,

"야, 그만해!"

어떻게 알고 온 건지, 체육 선생이 허공에다 지휘봉을 쒸웅! 쒸웅! 휘두르며 낮도깨비처럼 나타났다.

보약 노동

이사회에서 운동장과 중앙정원에 쌓인 토사를 걷어내고 무너진 담장부터 복구하기로 결정을 내렸다. 복구비가 가장 많이 드는 실내 체육관은 추후에 여건이 되는 대로 시작한다는 것이었다.

"너희들 집에 세숫대야나 바케쓰 다 있지? 양동이 말이야."

"예!"

"세숫대야나 바케쓰를 가지고 오도록 해!"

담임이 종례 끝부분에 말했다.

"왜요, 선생님?"

아이들이 놀라서 물었다. 세숫대야를 들고 등교하라는 말은 그동안 듣도 보도 못했던 소리였다.

"내일부터는 자갈, 흙을 퍼나르기로 했어. 고등학교 언니들도 하는데 너희도 힘을 보태야지!"

중앙정원과 운동장에 쌓인 토사를 세숫대야로 퍼 나른다는 말이었다. 어이가 없었다.

"그 많은 흙을 어떻게 퍼날라?"

"그러게 말이야. 1년은 걸리겠다."

"큰 돌멩이도 섞여 있다는데 말이 돼?"

아이들이 서로를 바라보며 웅성거렸다. 소라산의 산사태로 쏟아져들어온 토사의 양은 정말 어마어마했다. 여중 건물과 여고 건물의 중간에 있는 중앙정원은 토사에 완전히 뒤덮였고, 중앙정원의 두 배 넓이인 운동장은 토사가 쌓여 산을 이루었다.

"오늘 학교 이사회, 교직원회, 동창회, 학부모회, 학생회에서 결의한 사항이야. 선생님들도 팔 걷고 일하기로 했어."

"선생님들도요?"

"그래! 부족한 돈으로 우리 모두의 학교를 복구하는데 구경만 할 수는 없잖니? 담장만 복구하는데도 10억 가까이 든단다."

남성여중, 남성여고가 함께 있는 학교이기에 담장이 유난히 길었다.

"며칠 동안 하는 거예요?"

"2주 동안, 오후에 세 시간씩 하기로 했어! 그러면 인건비가 꽤 많이 절약될 거야. 일도 하고 다이어트도 되는 보약 노동이지!"

다행히 2주만 한다는 소리에 우리는 해볼 만하다고 생각했다. 공부를 하는 것보다 재미있을 것 같았다.

"세숫대야나 바케쓰 없는 사람은 어떡해요?"

"세숫대야 없는 집도 있어? 정말 없으면 맨손으로 돌을 들어 날라야지 뭐!"

첫째 날과 둘째 날은 아이들이 흔쾌히 일했다. 불평이 거의 없었다. 졸린 오후 시간에 공부를 하지 않고 일을 하니까 정말 재미도 있었다. 장난을 쳐가며 하는 일이라 힘든 줄도 몰랐다. 그러나 셋째 날부터는 좀 달랐다. 날씨가 덥고 피로가 누적되자 여기저기서 불평불만이 터져나오기 시작했다. 생전 노동이라고는 안 해본 아이들이라 금세 지쳐 체력의 한계를 드러냈다.

"야, 대충대충 해!"

"그래! 땀 뺄 필요 없어."

"얘들아, 우리 도망치자!"

"그거 좋지! 저 뒤로 나가서 소라산으로 튀면 안 들켜."

눈치를 보면서 건성으로 하는 아이들이 있는가 하면 심지어 몰래 도망을 치는 아이들도 생겼다. 대표적인 애들이 오이소박이 패였다. 그 애들은 일을 시작하기도 전에 홍길동처럼 사라지곤 했다. 아이들은 그것을 알고도 보복이 두려워서 고자질도 못했다. 몇몇 선생이 감시를 하고 있었으나 소용없었다. 담장이 다 무너져 마음만 먹으면 어느 방향으로든 탈출이 가능했다.

"어? 저것들 또 도망간다."

세숫대야에 흙을 퍼담고 앞에 가던 은하가 소리쳤다.

"어디?"

"저기 저쪽. 남중 옆으로 해서 시내 쪽으로 막 뛰어가잖아."

"우리가 선생님한테 알릴까?"

"그만둬. 우리 반도 아닌데 알려서 뭐 해?"

세주가 말려서 그만두기로 했다. 하지만 누구는 도망가고 누구는 힘들게 일을 하니 약이 올랐다. 불공평했다.

나, 세주, 은하, 인정이는 흙 자갈을 들어 나르는 일이 진짜 힘에 겨웠다.

"다이어트가 되는 보약 노동이라고 담임이 그랬지?"

"보약 노동은 무슨 보약 노동? 강제 노동이지!"

"맞아! 우리가 왜 강제 노동을 해? 여기가 북한이야? 난 안 해!"

인정이의 말에 내가 동조했다. 세주도 숨을 헐떡이며 한마디 거들었다.

"나도 힘들어서 못 하겠다. 휴!"

너무 힘이 들어 우리는 하늘을 보고 수호천사가 내려오기를 빌기도 했다.

"하늘에서 우리를 도와줄 수호천사라도 강림해주셨으면!"

"오! 하나님, 저희에게 천사를 보내주소서!"

다음 날, 결국 우리는 일을 시작하기 전에 도망을 치기로 합의했다. 운동장의 우리 반 담당 구역으로 가는 도중에 기회를 봐서 튈 작정이었다.

"실내 체육관 옆을 지날 때가 기회야."

"맞아. 그쪽 무너진 담장만 나가면 소라산까지 12미터 정도밖에 안 돼!"

"나무도 많아서 눈에 잘 띄지도 않고."

"그래. 해보자."

우리 네 명은 세숫대야를 하나씩 들고 운동장으로 향했다. 중학교 1, 2, 3학년 21개 반 아이들이 한꺼번에 몰려나와 우르르 운동장을 향해 걸어갔다. 우리는 일부러 걸음 속도를 늦추면서 감시하는 선생이 없나 주위를 살폈다. 가까이에는 없었다. 무너진 실내 체육관이 점점 가까워졌다.

"준비해!"

"알았어."

뒤에 오던 아이들이 얼마쯤 더 지나가고 나서 드디어 기회가 왔다. 우리는 실내 체육관 7, 8미터 전에 이르러서 방향을 90도로 틀었다. 그러자마자 전속력으로 뛰었다. 무너진 담장 잔해물이 다소 방해되었지만 꽃사슴처럼 껑충껑충 타 넘어 학교를 벗어났다. 그리고 곧 아스팔트 찻길도 건너 소라산 밑에 도달했다. 그 전체 도주 거리는 고작 30여 미터.

"여기까지 왔으면 이제 안전해!"

"야호! 성공이다. 자유다!"

"강제 노동에서 해방이다! 대한민국 만세다!"

"좀 조용히 해!"

조용히 하라고 주의를 준 세주가 뜬금없는 제안을 했다.

"이제 산으로 올라가서 가위바위보를 하자."

"가위바위보? 왜?"

"한 명이 교실로 가서 책가방을 가져와야지."

"좋아. 가위바위보로 하자."

우리는 소라산으로 몇 미터 올라가 소나무가 가려주는 곳에 둘러섰다. 그런 다음 가위바위보를 준비했다.

"자, 하자!"

"근데, 가방 가지러 갔다가 잡히면 어떡해?"

"이 시간에 교실에 누가 있다고 잡히니? 다 일하러 나갔는데."

"좋아! 그럼 얼른 가위바위보 하자!"

한꺼번에 입을 맞춰 가위바위보를 외침과 동시에 팔을 내뻗었다.

"가위, 바위, 보!"

"이런! 다시!"

"가위, 바위, 보!"

"어, 인정이 넌 빠지고."

인정이가 이겨서 빠지고 나, 세주, 은하가 다시 겨뤘다.

"가위, 바위, 보!"

"와, 이겼다!"

"어, 은하 너 빠지고."

은하마저 빠져나가자 나하고 세주 단둘이 남았다.

나는 입술에 침을 바르고 손가락 운동을 몇 차례 하며 마음을 다잡았다.

"너희 둘 얼른 해!"

"알았어."

"가위, 바위, 보!"

네 명이 입을 맞춰 외쳤다.

"다시!"

"가위, 바위, 보!"

"또 다시!"

"가위, 바위, 보!"

"어? 또 다시!"

무승부가 계속 이어지자 우리의 목소리는 점점 높아졌다. 가위바위보 소리가 사방으로 쩌렁쩌렁 울려 퍼졌다. 하지만 우린 그것을 전혀 깨닫지 못했다.

"가위, 바위, 보!"

"가위, 바위, 보!"

"이겼다!"

다섯 번째에서 내가 지고 말았다. 세주는 바위, 나는 가위를 낸 것이었다.

"아, 아깝다! 보를 내려다가 마지막 순간에 가위로 바꿔서 낸 건데."

"그러게 잔머리 너무 굴리면 안 돼. 처음 정했으면 그대로 밀고 나가야지."

"맞아! 혜진아, 얼른 갔다 와. 우린 저 위 그 무덤에서 기다리고 있을게."

세주가 그 말을 마치자마자 느닷없이 굵은 남자 목소리가 들렸다. 듣고 보니 귀에 익은 목소리였다.

"기다리긴 뭘 기다려? 꼼짝 마!"

소나무 가지를 헤치고 나타난 사람은 체육 선생이었다.

"엄마야!"

"닌자 너구리다! 도망!"

우리는 몽달귀신이라도 본 듯 후다닥 달아났다. 하지만 체육 선생과 거리가 가장 가까웠던 인정이는 그 자리에서 붙잡히고 말았다.

"이리 다 돌아와!"

체육 선생이 소리쳤다. 철쭉나무 뒤에 웅크리고 숨은 나, 세주, 은하는 쥐 죽은 듯 조용히 있었다. 눈도 깜빡이지 않고 숨도 쉬지 않았다.

"숨어 있지 말고 빨리 돌아와! 누군지 다 알고 있어!"

체육 선생이 다시 소리쳤다.

"우릴 다 알고 있대!"

"알긴 뭘 알아? 저 위로 더 올라가자!"

다시 산 위로 두어 걸음 기어 올라갔을 때.

"구세주, 남혜진, 함은하! 안 나오면 내일 더 큰 벌을 받는다. 어서 나와!"

체육 선생이 우리 이름을 정확히 알고 있었다.

"어쩌지, 세주야?"

"돌아가자. 인정이가 잡혀 있는데, 우리만 도망치려니 맘이 편하지 않다!"

"에이! 재수가 없으면 뒤로 자빠져도 코가 깨진다더니."

우리 셋은 아까 그 자리로 어기적어기적 되돌아가고 말았다.

"이쪽으로 와서 서!"

우리는 탈옥하다가 잡힌 죄수처럼 주춤주춤 체육 선생에게로 다가갔다. 그리고는 나란히 서서 고개를 푹 숙였다.

"선생님들과 친구들은 열심히 일하는데, 너희만 편하자고 도망을 쳐?"

"……!"

"주동자가 누구야? 누가 먼저 도망치자고 그랬어?"

"……!"

넷이 서로 눈치만 살필 뿐 아무도 대답하지 않았다.

"말 안 할래?"

체육 선생이 윽박지르며 지휘봉을 휘둘렀다. 지휘봉이 허공을 가르는 소리가 귀에 거슬렀다.

"제가 그랬습니다. 제가 먼저 도망치자고 친구들을 꼬드겼습니다."

인정이가 나서서 자기가 먼저 그랬다고 말했다. 체육 선생이 믿지 못하겠다며 고개를 갸웃거렸다.

"아니에요, 선생님! 제가 먼저 그랬어요."

"구세주 너? 내 그럴 줄 알았어! 저번에 급식소 뒤에서 싸움하다 들킨 것도 봐줬는데."

"아닙니다. 제가 제일 먼저 그랬습니다."

은하가 불쑥 나섰다. 나도 어쩔 수 없이 자백 아닌 자백을 하고 말았다.

"저예요. 일하는 게 너무 힘들어서 도망가고 싶었어요."

우리가 서로 자기가 먼저 그랬다고 하자, 체육 선생이 입술을 씰룩이며 비아냥거렸다.

"집단 탈영을 한 주제에 의리를 지키겠다? 아이구! 아름다우셔라! 고귀하셔라!"

"……!"

"옳은 일도 아니고, 일종의 범죄 모의를 한 것들이 의리는 무슨 의리야? 그런 의리를 조폭 의리라고 하는 거야."

체육 선생은 우리를 조폭과 비교하며 경멸하는 시선으로 쳐다봤다. '닌자 너구리'라는 별명이 붙은 서른여섯 살 노총각. 넙데데한 얼굴에 앞 머리카락이 두 눈을 거의 가리는 일명 바가지 머리 헤어스타일. 기다란 지휘봉을 일본도 삼아 허공을 휘두르며 위협을 하는 습성이 있었다.

"따라와!"

실내 체육관 옆으로 끌려가니 일명 탈영병들이 20명 가까이 되었다. 우리는 곧장 가장 힘든 작업에 투입되었다. 진흙탕이나 다름없는 구덩이에 들어가서 맨손으로 돌멩이를 골라내는 일이었다.

"너희는 토사에 섞여 있는 큰 돌들만 골라내서 저쪽 나무 밑에 쌓아!"

우리는 남은 기일 동안 꼬박 커다란 돌멩이를 골라내어 옮기는 일을 해야만 되었다. 그러느라 팔이 빠지고 허리가 끊어질 지경이었다.

"아이씨! 우리는 이렇게 개고생인데, 오이소박이 그것들은 오늘도 안 보이네."

"또 도망쳤겠지 뭐!"

"근데 그것들은 왜 한 번도 안 잡히냐고? 우리는 첫 번에 잡혀서 이렇게 목숨 걸고 중노동을 하는데."

그게 참 이상하다고 생각한 나는 저만치서 감독 중인 체육 선생을 가리켰다.

"야, 혹시 저 닌자 너구리가 그것들 뒤를 봐주는 거 아냐?"

"설마!"

나와 친구들은 닌자 너구리를 의심하기 시작했다. 의심은 눈덩이처럼 커져 그 선생의 뒤를 미행하고, 사진 촬영도 했으나 뚜렷한 증거를 잡지 못했다. 걸어서 퇴근을 한 닌자 너구리는 곧장 건강보험공단 옆 '천무검도관'으로 가서 세 시간 동안 목검만 파리채처럼 휘둘러댔었다. 우리가 알아낸 사실은, 닌자 너구리가 검도 4단으로 대학 시절 전국 체전에 출전해서 동메달을 딴 선수라는 것 하나뿐이었다.

2주간, 정확하게는 토, 일 빼고 열흘간 학교에 쌓인 토사를 퍼나르는 일을 했지만 10퍼센트도 치우지 못한 채 마치고 말았다. 밀려들어온 토사량이 워낙 많아서 일을 한 티도 나지 않았다. 애초에 사람의 힘, 더욱이 어린 학생들의 힘으로 해서 될 일이 아니었다. 대형 굴삭기를 서너 대 동원해서 덤프트럭 100여 대 분량을 실어나가야 원상태로 될까 말까 했다.

월요일 날 아침 조례 시간에 각 교실의 확성기를 통해 이사장의 목소리가 흘러나왔다.

"학생 여러분, 안녕하세요. 이사장입니다. 먼저 여러분들의 노고에 감사를 표합니다. 그동안 수고 많이 하셨습니다."

그렇게 시작한 이사장의 말은 상당히 길었다.

"이사회의 결정 사항은, 복구 전문 업체에게 학교 복구를 맡기기로 했다는 것입니다. 학교 재정에 맞춰 우선 운동장과 담장부터 복구할 것입니다."

노동이 연장될까 봐 신경이 쓰였는데, 전문 업체에게 맡긴다니 우리는 안도의 한숨을 내쉬었다.

"우리 학교의 크고 아름다웠던 중앙정원과 실내 체육관은 추후 은행 대출이라도 받아서 복구를 할 예정입니다. 실내 체육관은 복구만 하는 데는 약 30억 원, 싹 밀어버리고 새로 신축을 하는 데는 약 60억 원 정도가 소요됩니다."

"어우! 그렇게 많이 들어?"

"와! 돈 엄청나게 든다."

우리는 너무 놀라 입을 떡 벌렸다.

"하여튼 내일부터 공사가 시작될 것입니다. 그러니 학생 여러분은 조금도 걱정 말고 오로지 학업에만 전념해주시기 바랍니다."

1교시가 시작되기 전에 우리는 실내 체육관에 대해 이야기를 나눴다.

"지붕이 무너지고 내부가 다 침수되었으니 복구 비용이 많이 들겠지!"

"스탠드하고 외벽 곳곳에도 균열이 많이 났대."

"그래. 무너질 수도 있다고 그랬어."

"복구든 신축이든 우리가 졸업할 때까지 되지 않겠다."

그 점이 아쉬웠다. 잔디도 깔리지 않은 운동장보다는 실내 체육관에서 수업을 하는 게 훨씬 좋았다. 지붕과 벽이 있는 실내라서 햇볕이나 흙먼지를 피할 수 있었고 포근함을 주었다. 이따금 반 대항 탁구, 배드민턴 경기가 벌어지면 스탠드 의자에 반별로 앉아 열띤 응원을 하는 재미도 적지 않았다.

작은고모한테서 전화가 온 시간은 오후 5시 20분경이었다. 공장 지하 내 방에 들어가 막 교복을 갈아입으려고 할 때였다.

"고모!"

"혜진아, 공장에 미싱 아줌마들 일하고 있니?"

"예, 일하고 있어요."

미싱 아줌마들의 퇴근 시간은 오후 6시였다. 아까 학교에서 돌아왔더니 고모는 보이지 않고 아줌마들만 미싱을 돌리고 있었다.

"너, 지금 우리 집으로 와!"

"지금이요?"

"응! 지금 와! 아줌마들 퇴근할 때 출입문 잠그고 가시라고 부탁하고."

전화를 마친 나는 심장이 마구 뛰었다. 침대에 앉았다 일어 섰다를 반복하고, 방향 감각이 마비된 강아지처럼 방 안을 빙빙 돌고, 수십 차례 심호흡을 해보아도 마음이 안정되지 않았다.

"분명히 그거 때문이야. 틀림없어!"

전화가 또 걸려올까 봐 일단 공장 밖으로 나갔다.

"택시?"

고모네 집까지 걸어가기에는 먼 거리이기에 택시를 타야 했다.

"아니야!"

하지만 나는 택시를 타지 않고 선화사거리까지 가서 시내버 스를 탔다. 이리저리 돌아가는 버스라서 시간이 꽤 걸릴 것이었 다. 깔깔깔 웃고 떠드는 내 또래 아이들의 이야기를 들으며 가 다가 고모네 집 두 정거장 전에서 내렸다. 조금이라도 늦게 도 착하기 위해서였다.

"가기 싫다!"

발목에 커다란 맷돌을 매달은 듯 발걸음이 무거웠다.

은행나무 가로수를 하나하나 헤아리며 느리게 걸었다. 그렇 게 걷다가 잠시 멈춰 서 있기도 했다. 그랬는데도 고모네 아파 트에 도착하고 말았다. 아파트 입구로 들어가서 어린이 놀이터 를 찾았다.

"저녁 먹으러 들어갔는지 아이들도 없구나!"

텅 빈 놀이터 그네에 걸터앉아 저 높이 보이는 고모네 집을 올려다보며 시간을 끌었다. 땅바닥에 신발 끝으로 아빠 이름, 엄마 이름, 내 이름을 몇 번이나 겹쳐서 써보기도 했다.

고모한테서 다시 전화가 걸려왔다. 받지 않았다. 또 걸려왔다. 또 받지 않았다. 세 번째 걸려왔을 때는 받지 않을 수가 없었다.

"예, 고모!"

"혜진아, 왜 이렇게 안 오는 거야?"

"지금 막 도착했어요. 올라갈게요."

엘리베이터를 타고 올라 8층에서 내렸다. 마른침을 한번 삼키고 검지손가락을 펴 초인종을 누르려다 멈췄다. 덕적도 큰고모네 집으로 보내려는 것일 텐데. 그 말을 하려고 부른 게 분명한데. 어떡할까. 그냥 이대로 도망칠까. 짧은 순간에 수많은 생각이 얽히고설켜 머리가 지끈거렸다.

떨리는 손가락으로 초인종을 눌렀다. 기다렸다는 듯이 문이 벌컥 열렸다.

"아니, 왜 이렇게 늦은 거니?"

"버스가 늦게 와서요."

"택시를 타고 왔어야지!"

"……!"

"얼른 들어와. 얼른!"

울며 겨자 먹기로 아파트 안에 들어선 나는 기겁을 했다. 거실 가운데에 커다란 밥상이 놓여 있고 상 위에는 진수성찬이 가득 차려져 있었다. 작은고모부와 고종사촌 동생 둘이 웃으며 맞아주었다.

"혜진아, 이리 와 앉아."

"언니, 빨리 와."

권하는 자리에 엉거주춤 앉았다.

"너를 위해서 차린 거야!"

"많이 먹어라."

나는 수저를 들고 음식을 께적께적 먹었다. 아무 맛도 느끼지 못했다. 흥, 이게 바로 최후의 만찬이라는 거구나. 나를 덕적도로 보내려는 송별회 만찬. 엉큼하고 간사스러운 것들. 나는 속으로 작은고모와 고모부를 욕하면서 어금니를 깨물었다.

"혜진아, 왜 그렇게 먹는 거야? 팍팍 좀 퍼먹어!"

"음식이 혜진이 입에 안 맞나 보다."

"아, 아니에요. 마, 맛있어요!"

밥을 억지로 서너 숟가락 퍼먹었을 때였다. 과묵한 성격의 고모부가 입을 열었다. 부드러운 목소리였다.

"혜진아, 비좁고 곰팡내 나는 지하 방에서 지내려니 힘들지?"

"힘들지, 왜 안 들겠어요."

솔직히 말하지 않고 빙빙 돌려 말하는 게 더욱 기분 나빴다.

"아니에요. 이젠 익숙해졌고 정도 들어서 지낼 만해요."

"그렇다면 다행이다만……."

고모부가 젓가락을 놓고서 나를 똑바로 쳐다봤다.

"지난번에 고마웠다, 혜진아!"

"예?"

밑도 끝도 없이 고마웠다니. 무슨 말인지 몰라 나는 두 눈을 멀뚱거렸다.

"너 아니었으면 우리 공장이 큰 손해를 볼 뻔했어!"

"네가 이불 원단하고 완제품을 옮겨놓아서 빗물에 안 젖었잖아."

"아, 그거요? 당연히 옮겨야죠. 빗물에 젖으면 다 망가질 텐데."

"네가 그렇게 해줘서, 한 2,000만 원 손해 볼 것을 200만 원으로 줄여준 거야."

그 말로 나를 칭찬한 고모부가 손을 뒤로 뻗었다. 그러더니 봉투를 하나 집어서 나에게 건넸다.

"자, 받아. 내가 특별히 주는 용돈이야."

"고모가 용돈 주는데요, 뭐!"

"고모가 주는 거랑 내가 주는 거는 다르지."

"얼른 받아, 혜진아!"

돈 봉투를 받아보기는 난생처음이었다. 기분이 참 묘했다. 그래도 나는 고모 눈치를 살피면서 소고기 미역국을 조금씩 떠먹었다. 마지막으로 용돈을 주고 보내버린다 이거지. 홍. 속으로 콧방귀를 뀌었다. 고모가 드디어 입을 열었다.

"혜진아, 고모가 내일 네 방 싹 도배해줄게. 장판도 새로 깔고, 창문도 이중창으로 바꿔 끼우고, 부엌도 다시 꾸미고."

"예에?"

나는 이게 대체 무슨 소린가 싶어 두 눈이 놀란 송아지 눈보다 더 커졌다. 마치 무언가에 홀린 듯 정신이 혼란했다.

"뭘 그렇게 놀라니?"

"덕적도 큰고모한테 보낸다는 말 하려고 부른 거 아니었어요?"

"아니야! 큰고모가 너를 데리고 있을 형편이 되니?"

"불편하더라도 공장이 잘될 때까지 거기서 지내! 우리 처지에 너를 대학까지는 못 보내도, 고등학교까지는 꼭 졸업시켜줄게."

작은고모부의 그 말에 눈물이 왈칵 쏟아졌다. 사촌 동생이 울지 말라며 내 무릎을 문질렀으나 눈물이 그치지 않았다.

"감사합니다, 고모부!"

"눈물 닦고, 어서 많이 먹어! 한창 먹을 나이잖아?"

입맛이 돌아온 나는 이것저것 마구 퍼먹었다. 음식 맛이 모두 꿀맛이었다.

그러는 와중에 초인종이 울렸다.

"왔다!"

"너무 늦게 왔네."

사촌 동생 둘이 현관문으로 달려갔다. 누가 왔다는 건지 몹시 궁금해 내 시선은 자동적으로 현관을 향했다.

곧 문이 열렸다. 누군가가 안으로 쑥 들어왔다.

"죄송합니다! 주문이 밀려서 늦었습니다."

통닭이었다. 양념 한 마리, 후라이드 한 마리.

"이거 천천히 다 먹고 가, 혜진아!"

고모가 두 마리 통닭을 상 위에 펼쳐놓고 말했다. 나는 통닭을 보고 그만 큭큭큭 웃고 말았다.

"언니, 왜 웃는 거야?"

"으크큭큭!"

"에헤헤헤!"

내가 계속 웃자 사촌 동생 둘도 영문도 모른 채 따라 웃었다. 아이들이 웃으니까, 고모와 고모부까지도 함께 웃어서 집 안에 웃음소리가 넘쳐흘렀다. 웃음은 전염력이 강하다더니 그 말은 참말인 것 같았다. 세상에서 암탉이 가장 무섭다는 세주 얼굴이 떠올라, 나는 도무지 웃음을 멈출 수가 없었다. 암탉에게 쫓겨 죽어라 도망가는 세주 모습이 밥상 위에 영화처럼 상영되었다.

천사 강림

목요일 방과 후 저녁 무렵, 나는 세주랑 둘이서 시내에 나갔다. 인정이는 배가 아프다고, 은하는 다른 볼일이 있다고 집에 먼저 갔기에 둘이서만 나간 것이었다. 내 신발을 사기 위해서였다.

"지난번 폭풍우로 지하 공장에 빗물이 스며들었을 때, 내가 이불 원단과 완제품을 재빨리 옮겨놓았었어."

"그날 너 많이 아팠었는데 그걸 어떻게 치웠어? 나한테 시키지."

고맙게도 세주는 자기가 못 도와준 걸 미안해했다. 역시 마음이 넓고 고운 최고의 친구였다.

"너 오기 전에 공장에 물이 막 차오르는데 어떡하니? 내가 급하게 옮겼지!"

"힘들었겠다."

"힘들어서 다 옮기지는 못했어. 그런데 고모부가 피해를 많이 줄였다고 특별 용돈을 듬뿍 주셨어."

그저께, 고모는 내게 주던 한 달 용돈도 5만 원에서 8만 원으로 올려주었다.

"그 돈으로 운동화 사려는 거구나?"

"응! 학교에서 노동하느라고 운동화 이쪽이 조금 찢어졌어."

"고모가 잘해줘?"

세주의 갑작스런 질문에 나는 선뜻 대답하지 못했다. 잘해주는 것도, 그렇다고 못해주는 것도 아니기에 잠시 머뭇거렸다.

"못해주지는 않아. 어떻든 나를 받아주고 보호해주는 거니까."

"그렇지!"

"나도 고모한테 잘해야지!"

나는 평소에 신고 싶었던 고가의 유명 브랜드 신발을 샀다. 보통 운동화의 세 배나 되는 값이었다. 기분이 너무 좋아 하늘에라도 뛰어오를 것만 같았다. 백설처럼 하얀색 신발을 자꾸자꾸 살펴보며 눈밭에 나간 강아지같이 폴짝폴짝 뛰었다. 훗날 그 신발로 인해 목숨이 위태로워질 줄도 모르고.

"혜진아, 그렇게 좋니?"

"응! 이 신발 꼭 신고 싶었거든! 아껴 신어야지."

"아껴 신기는? 그럼 아주 싸들고서 맨발로 다니지 그러니?"

"어쩌면 그럴지도 몰라!"

나는 세주와 변화가 구경을 하다가 액세서리 숍으로 들어갔다. 가지가지 예쁜 것들이 우리를 잡아끌어 그냥 지나갈 수가 없었다. 안에는 여학생들이 꽤 많았다.

"혜진아, 살 만한 거 골라보자."

"그래. 와! 참 많다."

이리저리 돌며 한참을 구경하다가 나는 머리핀을 하나 골라잡았다. 엄지손톱 크기의 은색 별이 달린 것으로 2,000원짜리였다. 그것을 들고 망설이던 나는 한 개를 더 집어 들었다. 그러고서 몸을 돌리려다 뚝 멈췄다. 아무래도 마음에 걸려 두 개를 더 집어 모두 네 개가 되었다.

"어? 세주는 어디 간 거야?"

바로 옆에 있는 줄 알았는데, 세주가 보이지 않았다. 빽빽한 여학생들을 헤치며 세주를 찾았다. 세주는 저만치 구석 진열대에서 다른 것을 고르는 중이었다. 가까이 다가간 순간, 세주가 몸을 돌렸다.

"세주야, 다 골랐니?"

"응. 지금 골랐어. 봐봐!"

세주가 골라잡은 액세서리를 내밀었다. 행운의 네잎 클로버가 달린 휴대폰 고리였다.

함께 수영장 갔던 날, 내가 네잎 클로버에 지나치게 집착하는 걸 봐서 산 모양이었다.

"어어? 너도 네 개 샀네?"

"어떻게 달랑 내 것만 사니? 하나씩 나눠주려고 똑같은 거로 네 개 골랐어."

"나도 그러려고 이 머리핀 네 개 골랐어."

"어머! 우리 텔레파시가 통했나 보다. 이쁘다!"

나는 세주와 마음이 통한 것 같아 기분이 더욱 좋아졌다. 세주와 친구라는 게 자랑스러웠고 큰 의지가 되었다. 문득문득 세주가 서너 살 위의 언니처럼 느껴지기도 했다.

액세서리 숍에서 나온 우리는 리어카에서 핫도그를 하나씩 사들었다. 그리고는 한 입씩 뜯어먹으면서 거리 구경을 했다. 치과 병원을 지나 안경점 모퉁이를 돌아 국민은행에 이르렀을 때, 나는 걸음을 멈추고 소리쳤다.

"어? 저기 장아찌 할머니다!"

"장아찌 할머니?"

"응. 저 앞에."

30여 미터 앞쪽에 장아찌 할머니가 유모차를 밀며 가고 있었다. 그새 일을 하다 다리를 다치셨는지 한쪽 다리를 약간 절고 있었다.

"어유! 또 짐을 잔뜩 싣고 가시네. 세주야, 도와드리자."

"그래, 그래!"

이번에는 내가 먼저 할머니를 도와주자고 했다. 먼젓번에 할머니가 싸준 장아찌가 내 입맛에 딱 맞아 맛있게 먹었었다. 무려 네 봉지를 싹싹 긁어 비웠었다.

"할머니, 안녕하세요?"

"오! 너희들은······."

"얼마 전에 이 유모차 밀고 할머니 집까지 갔었잖아요?"

"그려, 그랬어. 얼굴은 기억나는데 이름이······."

할머니는 우리 이름을 기억하지 못했다.

"저는 남혜진이고요."

"저는 구세주예요."

"아아. 남혜진, 구세주."

"이리 주세요. 우리가 끌어다 드릴게요."

"힘들 텐데, 그만둬어!"

할머니가 거부했다. 그냥 해보는 거부가 아니라, 정말로 우리가 힘들까 봐 걱정스러워 그런다는 걸 나는 느꼈다. 할머니의 따뜻한 눈빛에 진심이 소복이 담겨 있었다.

"힘 안 들어요. 근데 할머니, 다리 다치셨어요?"

"그저께 항아리 닦구서, 장독대에서 내려서다가 발목을 삐었지 뭐여."

"심하게 삐었어요?"

"심하진 않아. 파스 붙였으니까 곧 나을 거여."

장아찌가 가득 실린 유모차를 세주가 앞에서 끌고 내가 뒤에서 밀며 할머니 집으로 향했다. 가다가 나는 버려진 우산을 주워 할머니에게 건네주었다.

"할머니, 이 우산을 지팡이로 쓰세요. 그러면 걷기가 편할 거예요."

"아유! 고마워!"

"지난번에 싸주신 제일 오래됐다는 무 장아찌, 아주 맛있게 먹었어요."

하나도 남김없이 다 먹었다고 하자 할머니가 밝게 웃었다. 나도 따라 웃었다.

"그랬어? 그럼 더 싸줘야겠구먼!"

"파셔야지, 저를 싸주시면 어떡해요?"

"요즘 사람들은 장아찌를 잘 안 먹어. 사가는 사람이 많이 줄었어."

집에 도착하니, 할머니가 우리를 안방으로 불러들였다. 낡고 지저분한 집과는 달리 안방은 깔끔하게 꾸며져 있었다. 방 윗목에는 장롱과 서랍장 등이, 옆벽 쪽에는 기다란 문갑이 보였다. 모두 고가구였다. 그리고 벽 윗부분에는 사진 몇 장이 든 액자가 하나 걸려 있었다. 사진은 빛이 너무 바래서 얼굴도 잘 보이지 않았다.

"줄 게 요거밖에 읎어서 미안해 어쩌누?"

할머니가 작은 바구니를 방바닥에 내려놓았다. 바구니에 가득 든 것은 방울토마토였다.

"서너 포기 심었는데 음청 많이 달렸어. 맛도 아주 그만이여."

"빨갛게 잘 익었네요."

"뭐든 정성을 아끼지 않구 사랑으로 가꾸면 잘 되는 법이지!"

내가 먼저 하나를 집어 먹자 세주도 먹기 시작했다. 당도도 높고 맛도 좋았다.

"많이 먹어. 농약을 안 쳐서 많이 먹어도 된다구!"

"예. 할머니! 정말 맛있어요. 근데 저 윗목에 저건 뭐예요?"

나는 윗목 한쪽에 놓인 조그마한 상을 가리켰다. 상 위에는 사기대접 하나가 달랑 올려져 있었다.

"저건 정화수여, 정화수!"

"정화수요? 그게 뭐예요?"

"매일 새벽마다, 저 뒤 밭 끄트머리에서 솟는 샘물을 떠다가 올리구, 치성을 드리는 거여!"

자세히 알 수는 없었으나 맑은 물을 떠다 놓고 정성으로 기도를 하는 모양이었다. 할머니의 목소리가 약하게 떨려 나와서 나는 더 캐묻지 못했다.

토마토를 씹던 세주가 벽에 걸린 액자를 쳐다보며 물었다.

"저기 저 사진이 할아버지하고 아드님 사진이에요?"

"응, 그려! 내 눈이 침침혀서 이젠 잘 안 보여."

"아드님이 몇 살 때 찍은 거예요?"

할머니가 또 가슴 아파할까 봐 나는 세주에게 그만하라는 눈치를 주었다. 세주가 알아차리고 고개를 끄덕였다.

잠깐의 침묵이 흐른 후에 할머니는 자신의 과거 이야기를 차분히 털어놓았다.

"국민핵교 입학허던 날 사진이여. 딱 한 장뿐인 가족사진인 거지, 뭐!"

"아아!"

"그땐 사진두 귀허구 찍기두 힘들었어. 음청 비쌌거든."

"아주 옛날이니까 그랬겠죠."

"요샌 이 휴대폰이 있어서 누구나 아무 때나 막 찍을 수 있어요."

고개를 들어 액자 사진을 지그시 바라보는 할머니 눈가에 촉촉한 물기가 비치기 시작했다. 그러자 세주가 얼른 화제를 바꿨다.

"할머니, 이 방울토마토 맛있네요. 뒷맛이 고소해요."

"그래?"

"예. 뒷밭에서 키운 거예요?"

"그럼! 거기 이것저것 심어놨어. 시장 안 나가는 날엔 그 밭에서 종일 일햐."

할머니는 온종일 일을 놓지 못하는 모양이었다. 얼핏 봐도 손이 매우 거칠다는 걸 알 수 있었다.

"하루 종일이요? 힘드시겠다."

"우리도 학교에서 힘든 일 했어요, 할머니! 2주 동안."

"학상덜이 핵교에서 공부 안 허고 뭔 일을 햐?"

할머니가 놀라는 표정을 지었다.

"지난 8월 하순에 집중 호우로 비가 많이 내렸잖아요?"

"그랬지! 아휴! 으찌나 많이 퍼부어대는지 소름이 다 돋더라구."

몸서리를 치는 할머니의 표정에는 두려움마저 배어 있었다. 커다란 옛날 집에 혼자 있어서 더욱 무서웠을 거라고 나는 추측했다.

"그날, 소라산 저쪽에 산사태가 크게 나서 흙더미가 우리 학교를 덮쳤어요."

"저런! 저런!"

나와 세주는 그간 학교에서 있었던 일을 할머니에게 자세히 털어놓았다.

"아이구! 쯧쯧쯧쯧!"

할머니가 매우 안타까워하며 혀를 끌끌 찼다.

"복구 비용이 없어서요, 우리 학생들도 2주일 동안 중노동을 했다니까요."

"세숫대야로 흙 나르고, 돌멩이 나르고. 힘들어 죽는 줄 알았어요, 할머니!"

"음청 힘들었겠구먼! 쯧쯧!"

"네. 너무 힘들어서 도망치다 잡혀서 벌도 받았어요. 참!"

나는 도망치던 날 전후 상황을 대충 설명했다. 측은해하는 표정으로 듣던 할머니가 물었다.

"핵교가 그렇게 많이 망가졌어?"

"예! 담장이 빙 둘러 다 무너지고요. 정원이 흙에 다 파묻히고, 운동장에도 토사가 엄청 쌓이고, 1층 교실 몇 개도 피해를 입었어요."

"저런! 저런! 쯧쯧!"

할머니는 연신 혀를 찼다. 그러면서 마치 자신이 당한 일처럼 안타까워했다.

"실내 체육관은요, 지붕이 폭삭 무너져내려 아주 폐허가 됐어요."

"아이구! 저를 어쩌누? 쯧쯧!"

"다 복구하려면 비용이 수십억 원 넘는대요."

"실내 체육관은 다 걷어내고 새로 지으려면 60억이 든대요, 할머니."

수십억이라는 말에 할머니는 입을 떡 벌리고 다물지를 못했다.

"총동창회와 학부모회에서 복구 비용을 모금하고 있다는데, 어림도 없대요."

"으음! 그럼 내두 좀 도와야 되겠구먼 그랴!"

"예? 할머니가 어떻게 도와요? 할머니 혹시 우리 학교 졸업생이세요?"

"아니여. 나는 왜정 때 소학교 2학년 다닌 게 전부여. 일자무식인 거지 뭐!"

"동창도 아니신데, 그냥 있으세요."

나는 그만두라고 할머니를 말렸다. 그러자 할머니가 목소리를 높여 물었다.

"왜 그만두랴? 내가 그동안 조금씩 모아둔 돈이 300만 원은 돼야! 늙은이라 돈 쓸 데도 없어!"

"힘들게 모으셨는데, 그만두세요, 할머니!"

내가 또 말리자 세주도 동조했다.

"그러세요. 그 돈은 친척 어린애들 오면 용돈 주세요."

"나는 혼자뿐이여. 먼 친척 후손들이야 있겠지만 워디 사는지두 몰라."

할머니가 고개를 저었다. 나는 할머니가 태어난 고향이 어딘지 궁금했다.

"할머니 시집오시기 전에 어디 사셨는데요?"

"할머니 고향이 어디세요? 친정이요, 친정!"

"내 친정은 충청북도 영동 달이산 골짜긴데, 열여덟 살에 3일 길을 걸어서 시집온 거여. 친정을 어떻게 찾아가는지 다 잊어베렸어!"

할머니의 과거 얘기가 한참이나 이어졌다. 방울토마토는 세주와 내가 하나씩 집어 먹어서 대여섯 개밖에 남지 않았다.

"3남 3녀 중 내가 막내였지. 지금은 다 죽었것지 뭐. 오라버니 두 언니들두 나보다 나이가 많았으니까 말이여."

"아, 막내딸이셨군요!"

"내 친정집두 가난했는데 남편 집두 음청 가난했어. 둘이서 잘 살아보자구 약속을 허고서, 뼈 빠지게 일을 해 집도 사구, 밭도 사구, 또 논두 사 모았었지!"

세주와 나는 할머니의 이야기 속으로 빨려 들어가 귀를 쫑긋 세웠다. 누구한테 옛이야기를 듣는 게 아니라, 마치 내가 현실의 장면을 직접 목격하는 것 같았다. 조금도 지루하지 않았다.

"그땐 땅 늘어나는 재미에 새벽부터 밤늦게까지 일밖에 몰랐었는걸 뭐!"

"그러면 할아버지하고 아들은 왜 돌아가신 거예요?"

나는 병으로 죽었을 거라 확신하며 조심스레 물었다. 내 물음에 할머니의 두 눈에 금세 눈물이 고였다.

세주가 휴지를 건네자, 할머니는 휴지로 눈물을 닦고 코까지 푼 뒤 자신의 과거 이야기를 다시 들려주었다.

"어느 해 여름 장마에 큰 홍수가 났어. 여기에 비가 음청 많이 내렸었지!"

"아, 그래요?"

"아유! 말도 마! 만경강 상류에는 더 많이 내려 물이 갑작스레 불어나는 바람에 강둑이 터졌지 뭐여!"

"어머! 그래서요?"

나는 액자 속의 아들과 할머니 얼굴을 번갈아 보며 닮은 곳이 있는지를 살폈다.

"그래서 만경강 그 주변 논덜을 한꺼번에 몽땅 휩쓸어 가벼렸어!"

"그러면 그때?"

"응! 그때 논에 나가 있던 남편허구 아들두 그만 물에 휩쓸려……."

할머니의 두 눈에 또 눈물이 고였다. 세주가 다시 휴지 한 장을 건네며 물었다.

"아니, 왜 하필 그날 논에 나가셨어요? 아들까지 데리고."

"비가 이틀 동안 내려서 물꼬를 보려구 나간 거여. 물꼬를 더 터놓아야 논에 찬 물이 빠져나가니까 말이여. 논농사가 아주 까다롭다구!"

"논농사가 힘들다는 거 저도 알아요. 외갓집이 논농사하거든요. 초등 3학년까지 외할아버지, 외할머니와 살면서 배운 것도 많아요."

세주가 논농사에 대해 아는 체를 했다. 열 살 때까지 외갓집에서 자랐다더니 농사짓는 걸 본 모양이었다.

"힘들지! 하여간 남편이 여덟 마지기 그 논을 사놓구서 을매나 좋아혔는지 몰라. 매일 아들을 데리구 나가서 일허는 모습을 보여줬었어."

"그랬군요."

"아들한테 자신이 환갑을 넘으면 그 논을 물려줄 테니, 받아서 더 크게 늘리고 불려 만석꾼이 되라구, 입버릇처럼 말을 했었다구!"

내가 할머니의 말을 중간에서 끊고 물었다.

"만석꾼이 뭐예요, 할머니?"

"한 해에 쌀 만 섬을 거둬들이는 아주 큰 부자 농사꾼이여! 한 섬은 쌀 두 가마니를 말한다더구먼!"

"아아! 만석꾼이 그런 말이었구나!"

나는 새로운 사실을 알게 된 기쁨에 고개를 크게 끄덕였다.

할머니의 이야기가 계속되었다.

"그 당시 남편은 서른여섯 살이었구, 내 아들은 아홉 살이었지! 나는 딱 서른 살이었구 말여!"

"그때부터 쭉 혼자 사신 거예요? 53년 동안을요?"

"그랬지! 여기 이 집에서 쭉 혼자 살았지! 이 집도 처음엔 조그마한 초가집이었어! 그러다 남편이 주변 땅과 밭을 사들이고 집도 크게 다시 지은 거여."

비가 많이 내리는 날에는 남편과 아들이 더욱 생각난다는 할머니. 예전에는 논이 있는 만경강으로 남편, 아들을 찾으러 종종 나갔었다며 눈물을 글썽였다.

"지금은 무릎도 아프구 너무 멀어서 못 가. 그 논에도 가본 지가 음청 오래됐어. 그냥 이 집에서 언젠간 돌아올 거라 믿구 정화수 떠놓고 기다리고 있는 거여. 평생을 기다려왔지만, 또 기다려야지 어쩌것어?"

죽은 남편과 아들을 수십 년이나 기다리고 있는 할머니. 떠나간 엄마를 몇 달간 기다리는 나. 나는 도대체 몇 년을 기다려야 하는 건지. 정신이 아찔해지며 덜컥 겁이 나기도 했다.

"기다리며 쏟은 눈물이 아마 서 말 닷 되도 넘을 거여. 에그!"

거기서 할머니는 이야기를 마쳤다. 그러고는 휴지로 콧물을 푼 후에 다른 말을 이었다.

"나도 좀 돕겠다고 핵교에다 말해줘! 몇 푼 안 되지만."

"우리가요?"

"그려! 너희들이 댕기는 핵교를 도와주고 싶어서 그랴!"

어떻게 해야 할지 몰라 세주와 나는 입맛만 쩝쩝 다시고 있었다. 그러자 할머니가 서랍장에서 은행 통장을 꺼내 보여주었다.

"자, 봐! 이게 내가 가진 돈 전부여."

보니, 남은 잔액이 정확하게 347만 3,000원이었다.

"더 있으면 더 내놓겠지만 가진 돈이 요거밖에 읎어!"

"이걸 내놓으시면 할머니 생활비는 어쩌고요?"

"나야 짱아찌 팔아서 또 벌면 돼야! 그리구 나는 사는 데 돈 많이 안 들어."

다음 날 세주가 담임에게 할머니 의사를 전달했다. 그리고 담임은 교장한테 전달을 해, 점심시간 직후 세주는 교장실로 불려 갔다가 돌아왔다.

"교장 선생님한테도 다 말했어?"

"다 말했지!"

"뭐래?"

"월요일에 할머니를 모시고 오래!"

3일 후 월요일에 나하고 세주는 장아찌 할머니를 모시고 곧바로 교장실로 갔다. 할머니의 의사를 확인한 교장은 인터폰으로 이사장과 통화를 한 후 할머니와 함께 이사장실로 이동했다. 나와 세주도 뒤따랐다.

이사장이 할머니를 정중히 맞이했다.

"어서 오십시오. 만나뵙게 되어 반갑습니다!"

"예, 안녕하세요."

"이쪽으로 편히 앉으시지요."

어른들이 응접 소파에 앉아 구체적인 이야기를 나누는 동안 나는 이사장실을 살펴보았다. 교장실보다 조금 넓었으나 특이한 점은 없었다. 다만 책상 뒤편 벽에 걸린 액자가 시선을 끌었다. 정부로부터 무슨 훈장을 받는 모습을 찍은 사진이 들어 있었다.

"힘겹게 모으신 돈을 저희 학교에 기증해주신다니, 정말 감사드립니다!"

"핵교가 큰 피해를 입었다기에. 얼마 되지 않아유!"

할머니가 말을 더듬었다. 학교의 높은 사람을 만나니 긴장을 한 모양이었다.

"할머님의 뜻을 받들어 아주 요긴하게 쓰겠습니다. 그러면 법적 절차가 필요하니까, 조금만 기다려주십시오. 곧 저희 학교 고문 변호사가 올 겁니다."

"변호사유?"

"예. 우리 남성여중과 남성여고를 졸업하고 서울 유명 대학을 나와, 전주에서 변호사로 일하는 분이 있습니다."

남성여중 출신 변호사라는 말에 나와 세주는 서로 놀란 눈빛을 교환했다. 나는 가슴이 뿌듯해지며 누군지 만나보고 싶은 생각이 들었다. 전학 오기 전, 대전의 학교에서 여자 변호사를 본 적이 있었다. 초청 연사로 온 그 변호사는 세련된 외모에 카랑

카랑한 목소리로 두 시간 동안 강연을 했었다. 1, 2, 3학년 전체를 대상으로 한 '알쏭달쏭 재미있는 법'이라는 강연이었다. 아이들의 까다로운 질문에도 또박또박 대답을 해주던 모습이 내 기억 속에 있었다.

"너희들은 수업 받아야 하니까 이제 그만 가도 좋다! 할머니는 내가 이따 차로 모셔다드릴 테니 걱정 말고."

이사장실을 나와 교실로 가면서 세주에게 말했다.

"세주야, 네 덕분에 내가 교장 선생님도 만나보고, 이사장님도 만나보고. 나 출세했다!"

"그게 출세면? 우리 아빠는 경찰청장도 만나봤는데, 어마어마한 출세겠네?"

세주가 입술을 삐죽거렸다.

"너네 아빠가 경찰청장을 만났어? 왜?"

"재작년에 전주까지 가서 경찰청장한테 표창장 받았어."

"그게 뭔 소리야? 자세히 말해봐!"

무슨 일로 경찰청장 표창까지 받았다는 건지 몹시 궁금했다.

"음주운전으로 사람을 쳐 죽여놓고 도망가는 뺑소니범을 잡았어."

"와! 너희 아빠 대단하시다!"

"늦은 밤이었는데, 강경읍에서 볼일 보고 오다가 낭산리 시골길에서 사고를 목격했대."

"그래서?"

세주가 마른침을 꿀꺽 삼켰다.

"차를 돌려서 곧장 쫓아갔대. 얼마나 빨리 도망가는지, 이 길 저 길 요리조리 막 도망가는 걸, 30킬로미터나 뒤쫓아 부여 거의 다 가서 잡았대."

"야! 멋지다!"

"술 취한 청년 두 명이 타고 있었는데, 나중에 알고 보니 그 외제 차도 훔친 차였대!"

살인 뺑소니범도 잡고, 차 도둑도 잡고. 당연히 표창장을 받을 만한 일 같았다.

"경찰서장이 경찰청에 추천을 해 전주 가서 표창장을 받은 거야. 정확하게는 '용감한 시민상'이었어."

"용감한 시민상?"

어디서 들어본 적이 있는 상 같았다.

"웅! 엄마, 나, 내 동생 세우, 모두 함께 전북경찰청에 갔었어. 그날 받은 포상금으로 아빠가 최고급 소불고기를 사서 배가 터지도록 먹었지!"

"그러면 출세한 거지 뭐!"

"출세는 무슨 출세? 우리 아빠는 여전히 식품 공장에서 냉동 기사로 일하는데."

세주가 말은 그렇게 했지만, 자기 아빠를 자랑스러워하고 있다는 걸 나는 느낄 수 있었다. 하지만, 오랜 투병 끝에 죽어버린 아빠가 떠올라 내 입은 단단히 굳어지고 말았다. 교실로 돌아가서 수업을 받으면서도 아빠 얼굴이 어른거려 공부가 되지 않았다. 아빠 고향인 충남 예산 무한천에 뿌려지던 아빠의 유골 가루가 짙은 안개로 변해 나를 감싸고 돌았다. 세주가 다가와서 어디 아프냐고 물었으나 나는 아무 말 않고 책상에 엎드렸다. 아빠에 대한 기억을 지우려고 애를 썼던 아주 힘든 하루였다.

지옥 여행

오늘 보건 시간에 본 '비만과 건강'이라는 영상 자료 때문에 우리는 큰 충격을 받았다. 비만이 불러오는 심각한 질병들은 너무도 끔찍했다.

"얘들아, 우리도 살 빼자!"

"그래. 빼자!"

겁을 먹은 우리는 비만도 아닌데 살을 빼기로 쉽게 합의를 봤다. 살을 빼는 여러 방법 중에 유산소 운동이라는 걷기를 택했다.

"월화수목금만 하고. 거리도 2킬로미터부터 하다가 조금씩 늘리고. 어때?"

"좋아! 일단 그렇게 해보자. 시작이 반이라니까."

"설마 작심삼일이 되는 건 아니겠지?"

그냥 해본 내 말에 인정이가 눈을 부라렸다.

"야! 왜 그런 재수 없는 소리를 해? 그럴 거면 혜진이 넌 빠져!"

"내일 저녁 먹고 7시 반까지 영등초등학교 앞으로 모여. 거기서부터 크게 네다섯 블록 걸으면 2킬로미터 될 거야."

첫째 날이었다. 새로 산 운동화를 신은 후 몇 분 동안 갈까 말까 주저하던 나는 결국 약속 장소로 출발했다. 저번에 새로 산 유명 브랜드의 비싼 신발이 닳을까 봐 걱정이 앞섰으나 혼자만 빠질 수가 없어서였다. 약속 장소에는 세주, 은하, 인정이가 이미 와서 기다리고 있었다.

"은하 걸음 속도에 맞춰야 하니까, 은하가 맨 앞에 서!"
우리는 일렬종대로 가다가, 일렬횡대로도 가다가, 뭉쳐서도 가면서 재잘재잘 떠들어댔다. 그렇게 500미터 정도 갔을 때였다. 어디서 디스코 리듬의 경쾌한 노랫소리가 들려왔다.

"이게 뭐야? 아주 신나는 노래네!"

"누가 칠순 잔치를 하나?"

100미터쯤 더 가자 4차선 찻길 건너편에 불이 유달리 훤하게 켜진 곳이 나타났다. 사람들이 많이 모여 북적거렸다. 바로 거기서 들려오는 소리였다.

"우리 저기 가서 잠깐만 구경하자!"

"그래!"

길을 건너가보니 새로 개점한 마트 앞이었다. 대형 풍선 인형 두 개가 우스꽝스런 동작으로 팔을 흔들고 있었다. 그리고 그 밑에는 키가 크고 날씬한 미녀 언니 네 명이 디스코 노래에 맞춰 춤을 추는 중이었다.

"와! 예쁘다!"

개점 홍보 도우미들로, 네 명 모두 짙은 화장에 미니스커트를 입고 긴 부츠를 신은 모습이었다.

"춤도 세련되게 잘 춘다."

"나도 살 빼서 나중에 저 언니들처럼 되고 싶어!"

우리는 그 도우미 언니들을 부러워하며 시간이 흐르는 줄도 모르고 구경했다. 그러느라 걷기 운동은 거기서 끝이 나고 말았다. 어이없게도 첫날부터 실패를 한 것이었다. 기가 막혔다.

둘째 날은 걸음 속도를 높여서 그 개점 마트를 무사히 통과했다. 흥겨운 디스코 노래가 더 크게 들리고 사람들도 더 많이 몰려 있었다. 하지만 이를 악물고, 귀를 막고, 시선을 돌린 채 도망치듯 지나쳤다.

"휴! 모두 잘했어! 오늘은 한눈팔지 말고 계속 걷자."

"그래. 어제 망친 것 보충하려면 쉬지 않고 걸어야 돼!"

그러나 우리는 채 400미터도 못 가서 걸음 속도를 늦췄다. 줄줄이 늘어선 먹거리 점포들의 유혹이 우리의 발목을 잡고 늘어졌다.

"나 지금 땀나는데, 저 아이스크림 딱 하나만 먹고 싶다."

"참아야 돼! 아이스크림 칼로리가 얼마나 높은지 알아?"

그러나 참기가 쉬운 게 아니었다. 아주 고역이었다.

"와! 피자 냄새. 죽인다."

빵집 앞과 피자 가게 앞에서는 주체할 수 없을 정도로 입 안에 침이 고였다. 냄새라도 많이 맡으려고 코를 킁킁거리는 우리는 열흘쯤 굶은 강아지들 같았다. 튀김 가게를 힘겹게 지나서 떡볶이 가게 앞에 이르렀을 때였다. 가게 외부로 돌출된 사각 철판에 먹음직스런 떡볶이가 뽀얀 수증기를 피워 올리며 보글보글 끓고 있었다. 끓는 소리마저도 맛있게 들렸다. 턱으로 침이 줄 줄 흘렀다.

"나 도저히 안 되겠어. 안 먹으면 죽을 것 같아!"

"나도 그래. 우리 오늘 딱 한 번만 먹고, 내일 더 많이 걷자!"

"맞아! 그러면 되겠구나. 들어가자!"

결국 우리는 떡볶이의 유혹에 홀려 가게 안으로 들어가 자리를 잡고 앉았다.

"아줌마, 떡볶이 4인분 주세요."

"김밥도 두 줄 주시고요."

"어묵도 주세요."

음식이 나오자 우리는 걸신들린 돼지 떼로 돌변했다. 떡볶이는 소스까지 싹싹 긁어먹고, 김밥은 접시에 떨어진 밥풀도 일일이 주워 먹었으며, 어묵은 두 번이나 국물을 더 달라고 해서 바닥을 아예 핥아버렸다. 그런 다음 각자 가지고 있는 돈 몇천 원씩을 내 계산했다.

"너무 먹었더니 배가 터질 것 같다. 저기 앉아서 소화 좀 시키고 가자!"

이번에는 소화를 시키고 가자고 버스정류장 벤치에 나란히 앉았다. 몸이 무거워져서 걷기는 싫고 가만히 앉아 있으려니 심심하고. 누가 먼저라고 할 것 없이 우리는 휴대폰을 꺼내 들었다. 그러고는 휴대폰 게임에 취해서 걷기 운동을 까맣게 잊어버렸다. 시간이 쏜살보다도 더 빨리 지나갔다.

"어머! 시간이 벌써 이렇게 됐어. 10시야."

"에이씨! 오늘도 실패한 거네?"

"안 되겠다. 내일은 돈 땡전 한 푼 가져오지 마!"

"돈이 있으니까 사먹게 되는 거야. 식욕을 참아야 살이 빠지는데."

모두 고개를 끄덕거렸다.

"휴대폰도 가져오지 마! 게임 시작하면 완전 망해!"

"그리고 코스도 좀 더 외곽으로 잡아서 더 멀리 돌자."

더는 실패하지 않기 위해 우리는 그렇게 철석같은 약속을 하고 헤어졌다.

셋째 날이었다. 단단히 마음을 먹고 약속 장소에 모였다. 세주는 쌍둥이 남동생과 다퉜다며 출발 장소에 20분이나 늦게 나왔다. 기분이 좋지 않은 표정이었다.

"동생이랑 왜 싸운 거야?"

"운동하고 올 테니까 집 청소 좀 해놓으랬더니, 싫다고 그러잖아. 그래서 혼 좀 내주고 오느라고 늦었어."

그 말을 마치자마자 세주는 성큼성큼 앞서갔다. 빠른 걸음이라 따라잡기가 쉽지 않았다. 금세 간격이 벌어져 인정이가 두 번째, 나와 은하가 꼴찌로 뒤를 이었다. 나는 일부러 은하의 걸음 속도에 맞춰 천천히 걸으려는 생각이었다. 그러나 유명 브랜드의 내 비싼 운동화가 닳을 걸 걱정하는 마음이 더 컸다.

이제까지와 다르게 세주는 외곽으로 크게 도는 코스를 잡고 빠르게 걸었다. 은하와 나는 저만치 앞서가는 세주와 인정이를 따라가느라 애를 써야 했다. 중간에 잠깐 쉬고 다시 걸었으나 세주는 보이지도 않았다. 30분이나 더 걸어서 2킬로미터를 훌쩍 넘겼을 때, 앞쪽 멀리 길가에 앉아 있는 세주와 인정이가 보였다. 땀을 흘리고 숨을 헐떡이며 다가갔더니 인정이가 핀잔을 주었다.

"왜 이렇게 늦게 오니?"

"나, 힘들어서 잘 걷지 못해! 세주야, 너무 멀리 온 거 아니니?"

"그동안 제대로 안 했으니까 오늘은 멀리 걸어야지! 저쪽으로 해서 빙 돌면 전체 5킬로미터 조금 더 될 거야."

그 말을 들은 은하가 얼굴을 찡그리고 고개를 저었다. 그러더니 땅바닥에 털썩 주저앉았다.

"오늘은 그만하자! 더 이상 못 걷겠어."

"그럼 어떡하지?"

"되돌아가야지 뭐."

고민 끝에 우리는 거리를 단축시키기 위해 지름길로 돌아가기로 했다. 조금 편하려고 꼼수를 택한 것이었다.

방향을 바꿔 100여 미터 가자 공사 구간이 나타났다. 지난 폭우로 인해 막히거나 부서진 하수도관을 교체하는 공사였다. 경고문이 달린 테이프를 두 줄로 길게 쳐놓아 접근 금지를 알리고 있었다. 전체 공사 구간은 대략 50미터쯤 되는 것 같았다.

"여기를 건너서 저쪽으로 쭉 가야 돼!"

땅을 파헤치고서 빼낸 낡은 콘크리트관이 어지러이 나뒹굴고, 하수도에서 긁어낸 각종 오물더미가 여기저기 쌓여 지저분하기가 그지없었다. 인도 바닥도 질척거렸다.

"내가 먼저 건너뛸 테니까 뒤따라와!"

"조심해, 세주야."

하수도에는 물이 꽤 많이 흐르고 있었다. 게다가 하수도 폭이 넓고 땅도 미끄러워 자칫하면 빠질 위험이 컸다.

"이 정도쯤이야 뭐!"

거리를 가늠한 세주가 펄쩍 뛰어 건너편으로 넘어갔다. 인정이도 무사히 건너가고 내 차례가 되었다. 나는 좌우를 살피다가 미끄러지지 않게 옆으로 두어 걸음 옮겼다. 물기가 적은 모래흙이 깔린 곳이었다. 내가 착지할 건너편 지점도 진창이 덜한 데였다.

"혜진아, 얼른 뛰어! 너 운동화 버릴까 봐 망설이는 거지?"

나는 내 속마음을 알아챈 인정이를 슬쩍 흘겨본 뒤 점프할 자세를 취했다. 그러고서 오른발에 힘을 주어 껑충 뛰었다.

"어어?"

"혜진아!"

뛰는 순간 삐끗하는 바람에 오른쪽 신발이 벗겨지며 하수도로 떨어져버렸다. 다행히 나는 건너편 지점에 왼발을 디뎠다. 그러나 착지가 불안해서 몸의 중심이 뒤로 쏠려 서너 번 버둥거리다가 풍덩 빠지고 말았다.

"아악!"

그런데 나 혼자 빠진 게 아니었다. 동작이 빠른 세주가 버둥거리는 나를 붙잡고, 인정이가 세주를 또 급하게 붙잡았다. 그러나 인정이 발이 미끄러지면서 셋이 한꺼번에 빠진 것이었다.

"내 운동화!"

그 와중에 나는 저만치 떠내려가는 운동화를 건지려고 허우적거리며 따라갔다. 절대 잃어버려서는 안 되는 귀중한 신발이었기에.

"야, 혜진아! 그거 내버려두고 밖으로 나가야지!"

"안 돼! 꼭 건져야 돼!"

내가 단호하게 말하자 세주와 인정이도 뒤따라왔다.

밖에서 지켜보던 은하도 높고 낮게 이어진 흙더미 위를 위태위태하게 걸으며 따라오다가, 쭉 미끄러져서 하수도 속으로 다이빙을 하고 말았다.

"엄마야!"

"아크크크!"

그 모습에 우리는 크크크 웃다가 내 운동화를 쫓아 다 함께 이동했다. 그러잖아도 땀이 흘렀었는데 시원하고 재밌기까지 했다. 풀장에서 물놀이를 하는 기분이었다.

"저 운동화 잡아주면 혜진이 네가 피자 한 판 사는 거지?"

"그럼! 저 운동화가 얼마짜린데 그깟 피자 한 판 못 사겠니?"

배꼽 높이까지 오는 하수 속을 우리 네 명은 새끼 수달들처럼 휘저었다. 폭우가 내린 후 얼마 안 된 시점이라 수량은 많았으나 물은 그다지 더럽지 않았다. 하지만 유속은 빠른 편이었다. 그 때문에 내 운동화를 쉽게 잡을 수가 없었다. 그렇게 운동화를 몇십 미터 따라가던 중.

"으아악!"

우리 네 명은 거의 동시에 비명을 내질렀다.

몸이 갑자기 밑으로 뚝 떨어지더니 물속에 코밑까지 잠겨버렸다.

"푸후! 웬 폭포야?"

"물웅덩이로 떨어진 거야. 얼른 땅으로 올라가야 돼!"

그것도 잠시, 우리는 곧 대형 하수관으로 빨려 들어갔다. 다행히 발이 바닥에 닿기는 했으나 물살이 거세 버티고 서 있을 수가 없었다. 빛 한 줄기 없는 캄캄한 암흑 속. 그제야 우리는 일이 잘못되어가는 걸 알고 두려움을 느꼈다.

"무서워! 이러다 어떻게 되는 건 아니겠지?"

"따로 떨어지기 전에 서로 손을 잡아! 빨리!"

우리는 서로 손을 잡고 대책 없이 떠내려갔다. 간혹 빛줄기가 나타나고 차 소리가 들리면 함께 목청이 터져라 외쳤다.

"살려주세요!"

"여기요! 우리 좀 살려주세요!"

그러나 우리 소리를 듣는 사람은 아무도 없었다. 어둠 속에서 우리 목소리만 크게 울릴 뿐이었다.

"우리 정말 죽는 거 아냐?"

"미안해! 내 운동화 때문에 너희들까지……."

나는 친구들에게 너무 미안해서 울먹였다. 은하와 인정이도 코를 훌쩍거렸다. 아무 말 않고 있었으나 세주도 겁에 질려 있는 게 분명했다.

"정신 차려! 앞에 또 폭포가 있나 봐!"

앞쪽에서 마치 괴물의 울부짖음 같은 폭포 소리가 났다. 크르렁거리는 그 소리가 우리의 공포를 더욱 배가시켰다. 호흡이 가빠지고 몸이 떨렸다.

"손 절대 놓지 마!"

세주의 말이 채 끝나기도 전에 물살은 걷잡을 수 없이 빨라졌다. 우리 네 명은 엄청난 속도로 휩쓸려가다가 다시 아래로 뚝 떨어져내렸다. 거기는 여러 곳의 하수가 모여 더 큰 하수관으로 흐르도록 만들어놓은 넓고 깊은 웅덩이였다.

"애들아, 가라앉으면 안 돼!"

"손발을 계속 저어!"

"어푸! 어푸! 이제 힘, 힘이 없어! 나 가라앉을 것 같아."

바로 그때였다. 우당탕탕! 하는 굉음과 함께 우측 하수관에서 어마어마한 하수가 쏟아져 나왔다. 어디선가 막혔던 하수관이 뚫려 쓰레기 더미와 하수가 한꺼번에 밀려온 것이었다. 그로 인해 우리는 좌측 하수관으로 빠르게 휩쓸려 내려갔다.

"으악! 또 떠내려간다!"

"손 놓치지 마!"

우리는 쓰레기에 섞여서 이 하수관 저 하수관을 정신없이 떠내려갔다. 그러다가 또 다른 하수관으로 들어서자 물 깊이가 낮아졌다.

"어? 물이 낮아졌어. 일어서도 될 것 같아!"

"좋아! 일어서보자!"

함께 일어서서 다시 손을 맞잡았다. 물 깊이가 무릎을 약간 넘는 정도밖에 되지 않았다. 하지만 어느 쪽으로 가야 할지 방향을 알 수가 없었다. 암흑 속이었기에 서로 얼굴도 보이지 않았다.

"저쪽에 빛이 약간 있는 것 같아!"

"가보자!"

"어? 조심!"

바닥이 미끄러워 도저히 서서 이동하기가 불가능했다.

"안 되겠다. 손을 놓고 엎드려서 기어가보자!"

우리는 손을 놓은 뒤 각자 엎드려서 마치 도마뱀처럼 조심조심 이동했다. 그러나 그것도 쉬운 일이 아니었다. 바닥이 고르지 않아 갑작스레 깊어지는 곳이 나왔고, 정체를 알 수 없는 쓰레기가 길을 막기도 했다.

"난 팔이 아파서 더는 못 가겠어!"

"그러면 여기 주저앉아서 죽을 거니? 움직여야 해!"

가도 가도 빛은 나오지 않았다. 온통 암흑천지였다. 가느다란 빛 한 줄기가 얼마나 소중한 것인지 우리는 뼈저리게 느꼈다.

기어갈 힘조차도 다 빠져버린 우리는 그냥 물의 흐름에 몸을 맡긴 채 떠내려갈 수밖에 없었다. 떠내려갈수록 수량이 점점 불어나고 각종 쓰레기도 더욱 많아졌다.

"까악! 이게 뭐야?"

어느 순간, 나는 하수관이 쩌렁쩌렁 울리도록 비명을 내질렀다. 온몸에 콩알만 한 소름이 돋고 턱이 덜덜거렸다.

"왜 그래, 혜진아?"

"시, 시, 시체야!"

너무 놀라 말이 나오지 않았다. 분명히 시체였다.

"방금 뭐가 내 손에 감기기에 만져봤더니, 긴 머리카락과 사람 얼굴이었어. 사람 시체가 분명해!"

"엄마야!"

우리는 극단의 공포에 말도 못 하고 부들부들 떨기만 했다.

"외할아버지가 무서울 때는 노래 부르는 게 도움이 된댔어! 함께 부르자!"

세주의 말에 우리는 목청이 떨어지도록 노래를 불렀다.

"푸른 바다 저 멀리 새 희망이 넘실거린다. 하늘 높이 하늘 높이 뭉게 꿈이 피어난다. 여기 다시 태어난 지구가 눈을 뜬다. 새벽을 연다. 헤엄쳐라 거친 파도 헤치고, 달려라 땅을 힘껏 박차고……."

그러나 무섬증이 사라지지 않았다. 상황이 너무 절망적이었기에 자꾸 부정적인 생각만 들었다.

"어? 저 앞쪽에 빛이 들어온다!"

은하가 외쳤다. 정말이었다. 앞쪽 어둠 속에 가느다란 빛 두어 줄기가 비치고 있었다. 맨홀 뚜껑 구멍이나 폭우로 부서진 하수관 틈에서 비치는 빛 같았다.

"사람 살려요!"

"우리 좀 살려주세요!"

목이 쉬도록 외쳤으나 역시 아무도 우리 소리를 듣지 못했다. 실낱보다 가느다란 희망의 빛마저 사라진 것이었다.

"큰일이다! 물살이 빨라진다."

"다시 손을 잡아!"

다시 손을 잡으려는 순간, 세주가 미끄러지면서 순식간에 어둠 속으로 사라졌다.

"어어어!"

곧 은하와 인정이도 사라지고, 나도 미끄러져 그대로 빠른 물살에 휩쓸려 어둠 속으로 들어갔다. 마치 죽음의 신에게 잡혀 저승으로 끌려가는 기분이었다. 나는 미친 듯이 몸부림을 쳤다. 비명을 지르며 풍선 인형처럼 두 팔을 마구 휘젓던 내 손에 무언가가 잡혔다. 콘크리트 관에서 삐져나온 길쭉한 철근이었다. 두 손으로 철근을 힘껏 움켜잡고 죽기 살기로 버텼다.

"세주야, 은하야, 인정아! 어디 있니? 어디 있는 거야?"

친구들을 목 놓아 불렀으나 아무 대답이 없었다. 캄캄한 공간에 내 외침 소리와 물 흐르는 소리만 증폭되어 메아리칠 뿐. 친구들이 끔찍한 사고를 당했을 거라는 생각에 눈물이 폭포수처럼 흘러내렸다. 아버지 장례일에도 울지 않았는데 목구멍이 아프도록 대성통곡을 했다.

약 6분쯤 지났을까. 마치 60년이 흐른 것 같은 착각이 들었다.

"아으으! 엄마, 나 더 이상 못 버티겠어. 구해줘!"

팔목이 끊어질 듯 아팠다. 어깨가 떨어져나갈 듯했다.

마침내 나는 철근을 잡은 한쪽 손을 먼저 놓고, 채 10초도 안 돼 나머지 한 손마저 놓고 말았다.

"아아아악!"

빙글빙글 돌며 천 길 만 길의 지옥으로 들어가는 느낌. 정신이 아득해졌다. 정신을 차리려고 아무리 애를 써도 되지 않았다. 그러다 기절 직전의 어느 한 시점에서 몸이 공중으로 붕 뜨는가 싶더니 이내 아래로 뚝 떨어졌다. 물속에 깊이 잠기는 내 몸. 숨이 막혔다. 맥이 풀렸다. 모든 감각이 마비되어갔다.

한참 후에 내 몸이 위로 둥실 떠올랐다.

"푸후우!"

나는 막혔던 숨을 크게 내쉬었다. 바로 그때,

"혜진이도 나왔다."

누군가의 목소리가 들렸다. 세주 얼굴이 희미하게 보였다.

"이거 잡아, 혜진아!"

세주가 기다란 막대기를 대주면서 소리쳤다. 허겁지겁 막대기를 잡자 나를 끌어당겨 물 밖으로 오르게 했다.

"여, 여기가, 어, 어디야?"

나는 주변을 살펴보며 더듬더듬 물었다.

"만경강 무슨 다리 밑이야."

"저 지옥처럼 깜깜한 하수관에서 여기로 빠져나온 거야."

"나하고 인정이도 세주가 건져줬어!"

우리는 죽지 않고 살아났다는 기쁨에 서로를 부둥켜안고 훌쩍거렸다. 그러면서 또 서로를 보며 키득키득 웃었다. 물에 흠뻑 빠진 귀신 꼴인 데다 온몸에 붙어 있는 쓰레기와 오물로 몰골이 상거지 같아서였다.

"아차! 혜진아, 이거!"

세주가 나한테 무언가를 건넸다. 잃어버렸던 내 운동화 한 짝이었다.

"이걸 어떻게 건진 거야?"

기적이나 다름없는 일이라 나는 두 눈을 냄비 뚜껑보다도 더 크게 떴다.

"저 하수관에서 떨어져 한참이나 허우적거렸지! 내가 수영을 못 하잖아?"

"그래서?"

"죽어라 허우적대는데 저 마네킹이 잡히더라고."

세주가 뒤쪽을 가리켰다. 거기에 하체는 없고 상체만 있는 마네킹이 있었다. 긴 머리칼에 얼굴이 갸름했다. 아까 내가 시체로 착각했던 게 마네킹인 모양이었다.

"그래서 마네킹을 겨드랑이에 끼고 한 손으로 물을 저어서 겨우 나온 거야. 나와서 숨을 헐떡거리다 네 운동화가 바로 저 물가에 떠도는 걸 본 거지."

나뿐만 아니라 친구들의 목숨까지도 위험에 빠뜨렸던 운동화 한 짝. 갈기갈기 찢어버리고 싶도록 보기 싫었으나, 받아서 한쪽 발에 끼웠다.

"공포의 지옥 여행이었어! 근데 우리 여기 이러고 있을 거야?"

"저 위 둑길로 올라가서 집을 찾아가야지!"

우리는 경사진 둑을 기어서 둑길로 올라갔다. 새벽안개가 자욱하게 깔린 둑길에는 차도 없었고 사람도 없었다. 드문드문 서 있는 가로등 불빛마저도 흐려 방향을 잡기가 어려웠다.

"일단 이쪽으로 가보자!"

신발에 물이 배어 걸음을 옮길 때마다 묘한 소리가 났다. 우리는 찌걱찌걱 소리를 내며 좀비 떼처럼 짙은 안개 속을 우왕좌왕 헤맸다. 그러다가 한참 만에 어느 2차선 도로에 도달했다. 몇몇 점포들이 줄지어 있었으나 문을 연 곳은 하나도 없었다.

"완전 지쳤어!"

"배가 너무 고파!"

"배가 고프니까 졸려."

"그냥 여기 앉아서 사람이 나타나기를 기다리자."

우리 네 명은 길가에 나란히 쪼그려 앉았다. 그러고는 병든 까마귀 모양 붙어서 꾸벅꾸벅 졸았다. 나는 깨끗한 물로 샤워를 하고, 맛있는 음식을 배불리 먹고, 푹신한 침대에 큰대자로 누워 꿀잠을 자는 꿈을 꿨다. 세상에서 가장 행복한 꿈이었다. 하지만 그 꿈은 그리 오래가지 못했다.

"으억! 이게 뭐야?"

누군가가 놀라 외치는 소리에 우리는 잠을 깼다. 모자를 쓴 어떤 아저씨가 보였다. 그리고 길에는 대형 트럭 한 대가 멈춰 서 있었다.

"너, 너희들 뭐, 뭐야?"

우리가 느릿느릿 일어서자 아저씨가 뒤로 두어 걸음 물러섰다.

"용 씨, 왜 그래?"

비슷한 옷차림의 다른 아저씨가 트럭에서 내려 다가왔다.

"신 씨! 여, 여기 좀 봐봐!"

"으잉? 누구냐, 너희? 왜 그런 모습이야?"

환경미화원 아저씨들이었다. 우리는 아저씨들한테 그동안의 사정을 자세히 설명했다.

"뭐어? 하수로에 빠져서 만경강으로 떠내려왔다고?"

"예! 어젯밤에 우리 넷이 걷기 운동을 하다가 한꺼번에 빠졌어요."

"그래서 캄캄한 하수관 속을 몇 시간이나 떠돌다가 겨우 나온 거예요."

처음에는 믿지 못하겠다는 표정을 짓던 아저씨들이 고개를 끄덕거렸다.

"허허! 그거 참! 지금이 새벽 3시 반인데. 집은 어디냐?"

"영등동에 살아요."

"영등동이면 먼 곳인데. 여기는 오산면 오산리야. 아주 변두리지!"

아저씨들이 혀를 내두르며 고개를 저었다.

"아저씨, 택시비 좀 꿔주실 수 없나요?"

세주가 단도직입적으로 부탁했다.

"그래요. 아저씨, 딱 만 원만 꿔주세요. 꼭 갚을게요."

내가 나서서 보증을 했다. 어른들은 괜스레 싫고 꺼려졌으나 비상 상황인지라 애원할 수밖에 없었다.

"집에 전화를 하지 그러니?"

"휴대폰도 안 가지고 나왔고, 돈도 한 푼 없어요. 딱 만 원만 꿔주세요."

넷이서 애원을 하자 한 아저씨가 주머니를 뒤적거렸다.

"새벽이라 지갑을 두고 나오는데. 용 씨, 돈 가진 거 없어?"

"나도 지갑을 놓고 나오지!"

"잠깐만 기다려라."

신 씨 아저씨가 트럭 조수석으로 가더니 잠시 후 돌아와서 6,000원을 건네주었다.

"자, 받아라. 담뱃값으로 둔 건데 이것밖에 없구나!"

"감사합니다, 아저씨! 꼭 갚을게요."

"안 갚아도 돼! 그런데 택시비가 조금 모자랄 거야, 하여튼 얼른 가라! 부모님들이 얼마나 걱정하시겠니? 쯧쯧!"

우리는 허리가 부러지도록 감사를 표했다.

"여기는 이 시간에 택시가 안 오는 곳이니까, 저쪽으로 내려 가면 태흥 아파트가 나와. 거기는 택시가 가끔 지나다녀. 거기 서 타!"

"알겠습니다, 아저씨! 감사합니다!"

태흥 아파트 앞길에 가서 얼마쯤 기다렸더니 택시가 한 대 나 타났다.

"저기 택시다!"

"택시! 택시!"

우리는 한꺼번에 달려가며 택시를 불렀다. 그러나 택시는 멈출 듯하더니 그냥 지나가버렸다.

"어? 저 택시 왜 그냥 가는 거야?"

두 번째, 세 번째 택시도 마찬가지였다. 우리를 살펴보자마자 꽁무니를 빼고 달아났다.

"우리 꼴이 이래서 그런가 봐!"

"정말 그런 것 같다. 그러면……."

우리는 폐휴지를 주워 몸을 대충 닦고 옷매무새를 고쳤다. 그런 다음 다시 택시를 기다렸다.

"또 한꺼번에 몰려나가면 안 태워줄 거야."

"혜진이 네가 겉모습이 제일 깨끗하니까, 일단 네가 저기서 택시를 잡아! 그러면 우리가 여기 숨어 있다가 뛰어가서 탈 테니까."

"알았어. 해보자!"

여섯 번 만에야 우리는 택시에 탈 수 있었다.

"어? 한 명이 아니었어?"

깔끔하게 생긴 택시 기사가 인상을 쓰며 퉁명스레 물었다. 눈빛이 곱지 않았다.

"죄송해요, 아저씨! 친구들과 함께 가야 해서요."

"거름 구덩이에 빠진 거니? 냄새가 심하게 나네. 시트 다 버리겠어."

다 내리라고 할 것 같은 말투였다. 내가 얼른 제안을 했다.

"택시비 더 드릴 테니까 빨리 가주세요."

"어디까지 가는 거야?"

"영등동 약촌오거리 보석공업단지 쪽이에요."

나는 일단 내 방으로 가는 게 좋겠다는 판단에 그렇게 대답했다.

"얘들아, 우선 내 자취방으로 가서 씻은 다음에 라면을 끓여 먹자!"

"그래. 그게 좋겠다. 이 꼴로 집으로 가면 쫓겨날지도 모르니까."

택시 창밖에 새벽 풍경이 펼쳐졌다. 이른 시간인데도 거리에는 신문이나 우유 배달을 하는 오토바이들이 종종 나타났다. 그 밖에도 새벽부터 일을 하는 사람들이 꽤 많았다. 나는 그들을 살피며 은하와 인정이에게 자취를 하고 있음을 밝혔다. 친척이 운영하는 지하 공장 숙소에서 임시로 자취를 하고 있다고. 그런데 말끝에 의도치 않은 거짓말이 따라붙었다. 엄마 아빠가 대전에 있는 집을 팔고 오는 대로 새 아파트로 들어갈 거라는 말이 따라 나온 것이었다. 혀가 저절로 움직여서 그 말을 내뱉은 것 같아 당혹스러웠다. 그러면서도 즉시 정정을 하지 못했다. 옆에서 듣고 있던 세주가 그게 아니라고 할까 봐 가슴이 마구 뛰었다. 하지만 세주는 끝내 사실을 밝히지 않고 비밀을 지켜주었다.

예술관 남중생들

10월 말이 되니 아침에는 기온이 제법 쌀쌀해졌다. 학교는 아직도 복구공사를 하느라 소음이 심했다. 운동장에 쌓였던 토사는 덤프트럭이 다 걷어내고, 중앙정원을 덮었던 흙도 다 치워졌다. 기초 공사를 먼저 한 다음에 그 위에 하나하나 벽돌을 쌓는 담장 공사는 오래 걸린다고 했다. 트럭 몇 대가 벽돌을 싣고 계속 오갔고, 다른 쪽에서는 소형 굴삭기 몇 대가 땅을 파느라 바빴다.

"너희들에게 기쁜 소식을 먼저 알려주겠다."

"기쁜 소식이요?"

"무슨 소식이에요, 선생님?"

"아주 기쁜 소식!"

첫 수업 전 조례 시간에 담임이 밝은 얼굴로 말했다. 궁금증이 인 아이들이 빨리 말해달라고 난리를 쳤다.

"너희들 놀라 자빠지지 마!"

"아, 빨리 말해주세요!"

"거짓말이죠? 나쁜 소식이죠?"

인정이의 말에 나도 혹시 나쁜 소식일 수도 있을 거라는 생각을 했다. 얼른 알려주지 않고 자꾸 말을 돌리는 게 그럴 가능성이 높았다.

"저번 달에 세주가 모셔왔던 그 할머니 다 알지?"

"예, 알아요!"

"기증 할머니라고 소문이 쫙 퍼졌어요."

"그 할머니 재산이 어마어마하단다."

전혀 예상 못 한 말에 나와 세주는 멍하니 담임을 바라보았다.

"예? 어마어마요?"

"얼마나 되는데 어머어마해요?"

"300만 원 기증하신 거 아니었어요?"

"300만 원 맞는데, 그거 말고……."

"그럼 돈이 또 있었어요?"

누군가의 물음에 나는 장아찌 할머니가 다른 은행 통장을 더 갖고 있었을 거라고 추측했다. 그것을 늦게서야 기억해내 학교에 연락을 했겠지. 어마어마하다면 몇천만 원쯤 된다는 건가.

아니면 몇억. 내 나름대로 상상을 하는 중에 담임이 뒷말을 이었다.

"우리 학교재단 고문 변호사가 할머니의 의뢰를 받아 재산을 다 조사해봤는데……."

"그런데요?"

"부동산이 많았대! 남편한테 상속받은 논하고 밭하고, 거기에다 야산까지. 그걸 돈으로 환산하면 최소 50억 원은 된다는데 몽땅 기증하신다고 그러셨대."

"으악! 50억이요?"

그 말에 아이들이 비명을 질렀다. 나하고 세주도 깜짝 놀라 눈빛을 교환했다.

"정말이에요, 선생님?"

"왠지 거짓말 같아요."

"야, 내가 아침부터 너희들한테 거짓말할 사람으로 보이니? 대대로 내려온 우리 집 가훈이 뭔지 알아?"

"몰라요!"

"조위석사(朝僞夕死)! '아침에 거짓말을 하면 저녁에 죽어도 좋다'야!"

확신에 찬 목소리와 굳은 표정으로 보아 거짓말은 아닌 것 같았다. 그러면서도 조금 의심스럽기도 했다.

"할머니께서 그 재산을 전부 우리 학교 재단에 기증하겠다고 그러셨단다. 몽땅 다!"

"우와와!"

"까오오!"

이번에는 아이들이 교실이 무너질 정도로 비명을 내질렀다. 그러면서 미친 듯이 박수를 쳐댔다. 그 소리가 너무 커 귀청이 떨어질 지경이었다. '차남구함' 우리 네 명은 서로서로를 바라보면서 엄지를 치켜세웠다. 조례가 끝난 뒤 우리는 장아찌 할머니 얘기를 나누며 고마움을 표했다. 그리고 담임의 별명을 '국대잔'에서 '조위석사'로 바꿔버렸다.

11월 중순 화요일이었다.

"혜진아, 빨리 가자!"

"응, 그래! 늦으면 안 되지!"

나하고 세주는 아침 일찍 할머니 집으로 달려갔다. 할머니는 뒷마당에 가득한 장아찌 항아리를 닦고 있었다.

"할머니, 빨리 가셔야지요!"

"어, 너희 왔구나. 그런데 이렇게 일찍 가야 혀?"

"예. 잘못하면 늦어요."

할머니는 머리를 감고 세수를 한 뒤, 안방으로 들어가서 거울 앞에 앉았다. 나는 시간을 단축시키기 위해 마른 수건으로 할머니의 젖은 머리를 닦아주었다. 백설보다 더 하얀 머리카락이 눈이 부셨다. 크림도 내 손바닥에 짜서 할머니 얼굴 전체에 고루 발랐다. 이마에 깊게 파인 굵은 주름들, 얼굴에 가득한 잔주름들, 거칠고 쭈글쭈글한 피부 곳곳에 피어난 검버섯들, 서너 개만 남은 이빨, 안쪽으로 말려 들어간 합죽한 입. 하지만 나는 할머니가 아름답게 보였다. 세주도 그렇게 느꼈는지 따스한 눈빛으로 할머니 얼굴을 살펴보고 있었다.

"이제 빨리 가자!"

할머니와 함께 찻길로 나가서 택시를 잡아타고 시내 중심가로 향했다. 내린 곳은 웨딩홀 옆의 유명 뷰티 숍 앞. 신부 화장 전문이라고 쓴 문을 밀고 안으로 들어가니 내부가 휘황찬란했다. 아직 이른 시간이라 그런지 직원이나 손님들은 보이지 않았다. 어리둥절한 표정으로 사방을 둘러보던 세주가 안쪽을 향해 소리쳤다.

"저기요. 아무도 안 계세요? 할머니 모시고 왔어요."

그러자 안쪽에서 단발머리 아가씨가 나와서 우리를 맞았다.

"어서 오세요!"

"우리가 그저께 전화 드렸던 학생이에요. 남성여중 2학년이요."

세주가 간단히 설명하자 금세 알아들었다.

"아! 원장님한테 얘기 들었어요. 이쪽으로 와서 이 의자에 할머니 앉히세요."

"할머니, 저 의자로 가서 앉으세요."

"그래그래!"

"조금만 기다리시면 원장님 곧 나오실 거예요."

15분쯤 기다리자 원장이라는 멋쟁이 아주머니가 출근했다. 아주 세련되고 우아한 사람이었다.

"안녕하세요!"

"오! 너희가 그저께 전화했던 학생이구나?"

"예, 제가 망설이다가 혹시나 해서 한번 해본 거예요."

여기저기 미장원을 찾다가, 세주가 이왕이면 가장 크고 좋은 곳에 부탁해보자고 해서 건 전화였다.

"잘했어! 좋은 일 하니 나도 기분 아주 좋단다."

"정말 고맙습니다!"

"고맙기는 뭐, 그냥 재능 기부 조금 하는 건데. 전 재산을 기부하셨다는 이 할머님에 비하면 조족지혈이지!"

조금이 아니었다. 작업복으로 갈아입은 원장 아주머니가 직접 할머니의 흰 머리칼을 염색하고 파마까지 해주었다. 그러는 사이 다른 직원들이 할머니의 얼굴 화장과 손톱 손질을 맡았다. 파마를 마친 원장 아주머니는 옆 가게인 한복 대여점으로 가서 고급 한복을 반값에 빌리도록 주선해주었다.

"와! 할머니, 이렇게 꾸미고 차려입으시니까 무척 고우세요!"

"이 나이에 곱기는 뭐가 고와? 난 쑥스럽기만 허구먼!"

"아니에요, 할머니. 정말 예쁘세요!"

"한복을 입어본 지가 30년두 넘었을 겨. 나는 그냥 낡은 쉐타에 몸빼 바지가 편허구먼!"

말은 그렇게 했지만 할머니도 기쁜 표정이었다. 살구색 저고리에 연회색 치마를 자꾸 쓰다듬으면서 은은한 미소를 지었다.

며칠 전에 거둬둔 돈으로 대여료를 지불한 다음 서둘러 택시를 탔다. 학교에 도착하니 다행히 시작 시간이 30분 정도 남아 있었다. 세주와 나는 할머니를 이사장실에 모셔다드리고 다시 운동장으로 나왔다. 그사이 운동장에는 사람들이 더 몰려서 인산인해였다. 우리 남성여중과 남성여고 학생들은 물론 외부인도 아주 많았다. 심지어 학교에 떼로 몰려와서 시위를 벌였던 사람들도 다수 있었다. 담장이 무너져 주차해둔 차가 망가졌으니 보상을 하라고 고래고래 소리치던 사람들이었다. 학교 고문 변호사의 설득으로 보상 요구를 철회한 후, 오히려 학교 복구 성금을 냈다고 나중에 들었다.

"야! 우리 왔어."

인정이와 은하가 다가왔다.

"너희 늦었네?"

"늦긴 뭘 늦어?"

"맞아! 아직 시작 시간 안 됐잖아."

나는 안 늦었다고 박박 우기는 은하와 인정이를 슬쩍 흘기며 한

마디 했다.

"세주하고 난 벌써 할머니 모시고 시내 미장원에서 가서 파마, 염색, 화장, 다 해드리고 왔다."

원래는 다 함께 시내에 가기로 한 것이었다. 그런데 어젯밤에 못 가겠다고 전화를 하더니, 대신 학교에는 일찍 오겠다고 그랬었다.

"그래? 미안!"

"수고했어! 은하하고 나는 아침잠이 많잖아?"

"할머니가 얼마나 예뻐지셨는지, 이따 봐봐!"

우리는 연단 쪽으로 가서 높이 세워진 커다란 그림을 살폈다.

"이거 뭐야? 와!"

"이게 그거잖아? 조, 조감도! 이렇게 짓겠다는 그림."

"그래? 정말이야?"

"응! 우리 학교가 이렇게 바뀐다는 거지!"

대형 조감도 앞에 많은 아이들이 몰려서서 감탄을 하고 있었다.

정말 멋진 그림이었다. 물론 과장된 면이 없진 않지만 담장, 중앙정원, 운동장, 특히 새로 짓는 체육관은 웅장하고도 아름다웠다.

"이렇게 완공되면 우리 학교 진짜 끝내주겠다."

"이 지역에서 최고가 되는 거지!"

"초등학교 애들이 다 우리 남성여중 입학하겠다고 난리 치는 거 아냐?"

"그럴지도 모르지!"

조감도 구경을 하는 중에 오이소박이 패가 저만치서 다가와 옆에 섰다. 거리는 불과 2미터 남짓. 그들은 조감도를 구경하는 척하며 자꾸 우리를 째려봤다. 엄지손가락을 똑바로 세웠다가 거꾸로 뒤집어서 무언의 협박을 하기도 했다.

"저것들이 또 시비를 거네! 세주야, 또 한판 붙을까?"

"그냥 못 본 척해!"

"그래. 오늘은 좋은 날인데, 우리가 참자! 참는 자에게 복이 있댔어."

"이제 시작하려나 보다. 세주 너는 빨리 가봐!"

실내 체육관 기공식이 시작되고 처음 순서는 귀빈들의 첫 삽 뜨기였다. 이사장, 할머니, 고문 변호사, 총동문회장, 학부모회장, 교장, 건설사 사장, 그리고 세주가 삽을 들고 나란히 섰다.

"할머니 저 한복 참 예쁘다!"

"그러게. 머리 염색도 해서 10년은 더 젊어 보인다."

"세주도 저기 서 있으니까 멋있게 보이지?"

"출세했다, 세주!"

귀빈 여덟 명이 소복하게 쌓아놓은 흙모래를 삽으로 퍼서 기초 공사를 할 체육관 계단 쪽으로 던졌다. 그러자 팡파르가 우렁차게 울려 퍼지며 오색 색종이가 흩날렸다. 그에 맞춰 모두들 크게 환호하면서 박수를 쳤다.

"이제 이사장님의 축사가 있겠습니다."

"오늘은 정말 감개가 무량하고 뜻이 깊은 날입니다. 제 평생에 이런 날을 맞이하다니, 가슴이 터질 듯 감동이 밀려듭니다. 우선 여기 계신 할머님께 다시 한번 감사의 인사를 올립니다." 이사장이 몸을 뒤로 돌려 의자에 앉아 있는 할머니를 향해 머리를 깊이 숙였다.

기공식이 끝난 후, 4교시까지 마친 우리 네 명은 책가방을 챙겨서 교실을 나섰다.

"일찍 끝났는데 어디 가지?"

단축 수업을 했기에 오후 시간이 텅텅 빈 것이었다.

"아차! 우리, 뮤지컬 보러 가자!"

"뮤지컬? 무슨 뮤지컬?"

"꽤 알아주는 뮤지컬인데 나한테 초대권 있어!"

인정이가 책가방에서 초대권 다섯 장을 꺼내 보여주었다.

"이 초대권은 어디서 난 거야?"

"우리 아빠 회사 사장 딸이 뮤지컬 악단에서 바이올린 켠대. 그래서 회사에서 나눠줬대."

"그러면 너희 가족들이 가지 그러니?"

"다들 시간이 안 맞고, 뮤지컬 좋아하지도 않아! 이거 지난주에 받은 건데, 책가방에 쑤셔 넣고 깜박 잊고 있었어."

나는 아예 뮤지컬이 뭔지 몰라서 내키지 않았다. 뮤지컬 말고 그냥 시내 번화가에 나가서 아이쇼핑을 하는 게 나을 것 같았다.

"뮤지컬 그거 재미있을까? 소녀시대나 슈퍼주니어 콘서트라면 몰라도."

"일단 가보자! 다른 데 갈 곳도 없잖아?"

"그래. 가자! 시간 많은데 뭐."

다른 애들이 다 가자고 하니 나도 따라갈 수밖에 없었다.

시내버스를 타고 가기로 하고 차를 기다렸다. 하지만 아무리 기다려도 시내버스가 오지 않았다. 폭주족 오토바이만 두어 대, 투투타타타타! 굉음을 내며 지나갔다. 엄청난 폭음에 귀가 먹먹했다.

"아, 저것들! 귀청 떨어지겠네!"

"사고나 꽝 나버려라. 씨!"

우리는 오토바이 폭주족에게 욕설을 퍼붓다가 택시를 잡아 탔다.

"아저씨, 문화예술관으로 가주세요."

"문화예술관? 아, 그래!"

인정이가 앞에 타고 나와 세주, 은하는 뒤에 탔다. 출발하자마자 턱수염이 삐죽삐죽한 기사 아저씨가 백미러로 힐끔힐끔 쳐다봤다. 그러다 곧 그만두겠거니 했는데, 그게 아니었다. 기분 나쁜 눈빛으로 계속 쳐다봤다.

"아저씨, 왜 자꾸 쳐다보세요? 기분 나쁘게."

참다못한 내가 톡 쏘아붙였다. 얼마 전 지옥의 하수관을 빠져나왔던 날, 환경미화원 아저씨가 건네준 6,000원을 들고 탔었던 그 택시의 기사가 생각나서였다. 그 기사 아저씨는 내가 침대 시트 밑에 감춰둔 비상금을 꺼내 추가로 준 돈 외에 택시 내부 세차비 5,000원을 더 요구했었다. 그 일 때문에 나는 택시 기사에 대한 감정이 좋지 않았다.

"아아. 뭐 좀 물어보려고."

"뭐요?"

내가 또 퉁명스럽게 물었다.

"너네 학교 수업 끝났어?"

"끝났으니까 나왔죠!"

우리가 수업을 빼먹고 도망쳐 나온 줄로 아는 것 같았다.

"오늘 단축 수업을 해서 일찍 나온 거예요. 학교에서 실내 체육관 기공식이 있었거든요."

"어느 학교 몇 학년인데?"

"남성여중 2학년이요. 왜요?"

"아아! 폭풍우에 피해를 크게 입었다는 그 학교구나. 미안하다! 오해를 해서."

의외로 기사 아저씨가 순순히 사과했다.

"내 아들도 2학년이야. 내송중학교."

"내송중학교 알아요."

"그 애는 요즘 수업을 자주 빼먹고 매사에 신경질만 부린단다. 좋은 말로 타이르는데도 반항하며 대들고. 아주 속상해서 죽겠다!"

기사 아저씨가 괴로운 표정을 지었다. 그러더니 우리 눈치를 보며 조심스럽게 물었다.

"그게 중2병이라는데, 여자애들도 중2병에 걸리니?"

중2들한테 중2병에 대해 물으니 기분이 그다지 좋지 않았다.

"중2병 맞아요. 여자도 걸린다고 들었어요."

"사춘기 때 나타나는 심리적 불안 상태, 가치관의 혼란, 심한 감정 기복, 이유 없는 반항, 일탈 행위, 불량스런 태도, 또 뭐라고 했더라?"

인정이가 도덕 시간에 들은 이야기를 죽 늘어놓았다.

"그걸 어떻게 고친다니?"

"못 고친대요. 그냥 때가 되면 저절로 낫는대요. 오호호!"

은하는 기사 아저씨를 은근히 놀려댔다.

"우리 집은 조용한 집이었는데 그놈 때문에 매일 시끄럽단다. 피시방에서 게임하다가 밤늦게 들어오고. 애가 왜 그렇게 변했는지. 휴!"

"그러면, 아저씨는 옛날 중2 때 어떠셨는데요?"

가만히 듣고 있던 세주가 따지듯이 물었다.

"나 중2 때라? 아, 그러고 보니 나도 엄마 아버지 속 꽤나 썩었네. 허허!"

"중2병 걸렸다고 다 나쁘게 되나요?"

"우리는 나쁜 짓 안 해요, 아저씨!"

"야, 우린 아예 그런 병엔 걸리지도 않는다. 후후!"

택시 기사와 중2병에 대한 얘기를 떠들다 보니 목적지에 도착했다. 택시비가 3,500원이었다. 고모부한테 받은 특별 용돈이 남았기에 내가 내기로 했다.

"아저씨, 여기 택시비요."

"그만둬! 아저씨가 공짜로 태워준 거야."

"왜요? 받으세요."

5,000원짜리를 건넸는데 한사코 거절했다.

"나랑 솔직한 대화를 해줘 고마워서 그래. 아들 친구들이라고 생각하지 뭐!"

"그러면 저희가 미안하잖아요? 반만이라도 받으세요."

"그 돈으로 음료수 사먹어! 학교 오갈 때 차 조심하고."

"감사합니다, 아저씨!"

결국 나는 택시비를 지불하지 못했다. 택시 기사라고 다 나쁜 사람이 아니었다. 돌이켜보니, 그동안 싸잡아서 싫어했던 어른들 중에 착한 사람이 더 많은 것 같았다.

우리는 문화예술관 안으로 들어가서 자리를 찾아 앉았다. 안에는 생각보다 사람들이 꽤 있었다. 대부분 어른들이었으나 대학생들과 고등학생들도 눈에 띄었다.

"사람 많다. 고등학생들도 적지 않아!"

"우리처럼 알음알음 초대권 받고서 온 거겠지!"

"뮤지컬 제목이 〈마리아 마리아〉네? 웃긴다! 무슨 개 이름인가?"

"보면 알겠지!"

고개를 돌려가면서 사람 구경을 하던 은하가 손가락으로 앞쪽을 가리키며 호들갑을 떨었다.

"얘들아, 저기 남학생들 있어. 중학생이야."

"그래? 어디?"

우리가 앉은 줄 앞쪽의 세 번째 줄에 중학생으로 보이는 남자애들 여섯 명이 몰려 앉아 있었다.

"은하야, 잘 살펴봐! 네 맘에 드는 애도 있는지."

"알았어. 근데 교복이 어느 학교 건지 잘 모르겠다."

"어어어! 우릴 쳐다봤어!"

남학생들 중 두어 명이 고개를 돌려 우리를 바라봤다. 그러더니 자기들끼리 뭐라 떠들면서 키들키들 웃었다.

"어머머! 또 봤어. 또 봤어!"

"은하 네가 마음에 드나 봐!"

"그래? 오늘 내가 좀 꾸미고 왔지!"

우리는 남학생들이 돌아보면 얼른 고개를 숙이고, 그 애들이 바로 앉으면 뒤통수를 쳐다보면서 소곤거렸다. 또래 남학생들이라 그런지 나도 가슴이 조금 설렜다.

방청석에 불이 꺼지고 무대가 열리며 뮤지컬이 시작되었다. 짙은 화장에 서양인 분장과 옷차림을 한 배우들이 나왔다. 그들이 대화를 하는 게 아니라, 노래를 주고받으며 이야기가 진행되는 것이었다. 재미도 없고 이해도 할 수 없었다.

"세주야, 재미없다. 잘못 온 것 같아!"

"나도 별로야."

지루한 시간이 얼마쯤 지났을 때, 은하와 인정이가 옆구리를 찔러댔다.

"얘들아, 쟤네 좀 봐!"

"왜왜?"

"지금 졸아, 졸아! 크크크!"

남학생들 여섯 명 전부가 꾸벅꾸벅 졸고 있었다.

"꼭 병 든 닭들 같아!"

"그러게. 좀 있으면 앞으로 고꾸라지겠다."

머리가 앞으로 뒤로, 좌로 우로 흔들거리는 모습이 배꼽을 쥐게 했다.

"쟤네 둘은 옆 이마를 맞대고 사이좋게 잔다, 자."

"우측 끝에 애 좀 봐! 옆으로 거의 다 넘어갔어."

"저럴 거면 왜 온 거야? 그냥 집에 가서 퍼질러 잘 것이지."

"재들한테 숙박비 받아야 되겠다. 히히!"

고전적인 옷차림에 서양인 분장을 하고 진행되는 뮤지컬보다, 남학생들이 단체로 조는 걸 보는 게 훨씬 더 재미있었다. 머리통이 크다 작다, 어깨가 넓다 좁다, 목이 굵다 가늘다 등등 억지로 흥을 찾아내 험담을 하다 보니 나름 스트레스도 해소되었다.

긴 시간이 흐르고, 주위가 조용할 때 나는 눈을 떴다. 방청석에 불이 훤하게 켜져 있고 무대에는 장막이 쳐진 채 아무 움직임이 없었다. 옆을 보니 친구들이 다 자고 있었다. 은하와 인정이는 서로 옆 이마를 기댄 자세로 쌕쌕거렸고, 세주는 코까지 약하게 골고 있었다.

"어머나! 나는 입을 헤 벌리고 침을 질질 흘리면서 잤어. 그 많은 사람들이 나가면서 우리 모습을 다 봤을 텐데. 아우! 창피해!"

불에 덴 듯 얼굴이 화끈거려 고개를 들 수가 없었다. 장아찌 할머니를 시내 미장원에 모시고 가려고 아침에 너무 일찍 일어나서 잠이 부족했던 것이었다.

"얘들아, 얘들아, 빨리 일어나! 다 가고 우리만 남았어. 빨리!"

예술관에 불이라도 난 것처럼 나는 잠든 친구들을 미친 듯이 흔들어 깨웠다.

흡혈 모기

12월 첫째 토요일. 우중충하게 찌푸린 하늘과는 달리 우리는 매우 밝은 얼굴이었다. 발걸음도 가볍고 기분도 상쾌했다.

"이게 대체 웬일이니?"

"웬일은 무슨 웬일? 기분 좋은 일이지!"

"기분이 좋아도 너무 좋다!"

"나는 처음이라 좀 떨린다."

내가 떨린다고 말하자, 세주가 내 어깨를 툭 치며 어이없다는 표정을 지었다.

"야, 이게 떨릴 게 뭐가 있어? 너도 참 웃긴다!"

"진짜 처음이고, 생각지도 못한 일이라 가슴이 두근거려!"

3층으로 올라간 우리는 '카사블랑카' 유리문을 열고 안으로 들어갔다. 들어가자마자 입이 벌어질 만큼 크게 놀랐다.

"와우! 분위기 끝내준다!"

"고급 레스토랑이라더니 확실히 다르구나."

"이게 다 은하 덕이지."

"은하야, 고맙다!"

나는 은하한테 고맙다는 말을 건넸다. 생각지도 못했는데, 새로운 경험을 하게 해주어 정말로 고마웠다.

"고맙기는 뭐. 나도 이런 데는 처음이야."

"어서 오십시오! 몇 분이시죠?"

나비넥타이를 맨 호리호리한 남자가 굵직한 목소리로 물었다.

"11번 테이블 예약되어 있을 거예요."

"아, 이리 따라오십시오!"

은하의 대답에 남자가 우리를 안내했다.

"웨이터야, 웨이터!"

"웨이터? 저 사람이?"

"응! 남자는 웨이터, 여자는…… 여자는 뭐라 하더라? 생각 안 난다."

세주와 나는 그런 말을 작게 나누며 맨 뒤에 따라갔다.

11번 테이블에 앉은 우리는 또 한 번 놀랐다. 대형 유리창 밖 풍경이 그야말로 환상이었다. 벌떡 일어나서 자세히 살폈다.

"저 연못 좀 봐! 전체 모양이 하트 모양이야."

"정말 그러네. 물새들도 있어."

"이야! 우리가 사는 도시에 이런 데가 다 있었구나?"

"빙 둘러 서 있는 버드나무하고 저 건너쪽 정자도 멋지다!"

창문에 붙어서 바깥의 작은 연못을 넋 놓고 구경하는데 웨이터가 다시 왔다.

"메뉴판 여기 있습니다."

"아, 예!"

우리는 자리에 앉아 두툼한 메뉴판을 하나씩 들고 페이지를 넘겼다. 음식 이름이 모두 낯설었고 가격이 상당히 비쌌다. 가장싼 게 1만 2,000원이었다. 나는 은하를 슬쩍 바라봤다. 이 비싼걸 어떻게 사려고 그러니, 라는 물음을 눈빛에 섞어서. 은하가웨이터를 올려다보며 말했다.

"조금 이따가 시킬게요."

"알겠습니다."

웨이터가 몸을 돌리자마자 내가 가장 먼저 은하에게 물었다.

"은하야, 여기 너무 비싸다!"

"그래, 은하야! 엄청 비싸!"

"은하 너, 생일도 아닌데 왜 우릴 여기로 데려온 거야?"

"아이! 쫌 있으면 알게 돼!"

그렇게 대답한 은하는 출입문 쪽으로 시선을 돌렸다.

"누가 또 오니? 너네 엄마? 아빠?"

"쫌 있으면 알게 된다니까!"

어떻게 알게 된다는 건지, 우리는 더 이상 묻지 않고 레스토랑 내부를 둘러보았다. 내부도 상당히 고급스러웠다. 식탁과 의자는 물론 집기들 전부가 외제품 같았다. 곳곳에 놓인 화분의 식물들마저도 잎이 넓고 큰 게 외래종이었다.

"이게 무슨 소리야?"

5분쯤 지났을 때, 웬 연주 음악이 들려왔다. 피아노, 바이올린, 플루트 소리가 섞여 있었다.

"저 끝에 무대가 있다."

"세 명이 직접 연주를 하고 있어."

우리는 클래식 곡이라 이해가 되지 않았지만 그냥 들었다. 조금 지루한 느낌을 주는 피아노곡이 지나가고, 빠른 곡조의 플루트 곡이 흘러나왔다. 곡명은 몰랐지만 플루트 음색이 독특해서 듣기에 좋았다.

"왔다!"

갑자기 은하가 벌떡 일어났다. 그러더니 출입문을 향해 손을 흔들었다.

"여기! 여기!"

누군가가 열대식물 화분 사이를 걸어서 우리 테이블로 다가왔다.

"어?"

나, 세주, 인정이의 눈동자가 급격히 팽창되고 입이 쩍 벌어졌다.

"여, 여기, 웬일이세요?"

전혀 예상하지 못한 사람이라 내가 더듬더듬 물었다.

"서울에서 오느라고 내가 좀 늦었어. 많이 기다렸니?"

"그냥 쫌요."

서울에서 대학을 다닌다는 은하의 친척 오빠였다. 지난 5월에 웅포면 맹산리 칠순 잔칫집에서 만났었던 그 대학생. 나는 어안이 벙벙했다. 자리에 앉은 대학생 오빠가 자초지종을 설명했다.

"우리 아버지 고희연 때, 너희 차남구함 그룹이 분위기를 너무 잘 살려주어서 무척 고마웠어."

"고맙기는요 뭐!"

내가 수줍어하는 표정으로 대꾸했다.

"그날은 정신이 없어서, 너희를 제대로 챙겨주지 못해 너무 미안하더라고."

"아냐, 오빠! 그날 큰언니가 수고비로 5만 원씩 줬어."

"그 얘기는 나중에 들었어. 근데, 그거 가지고는 안 되지! 너희가 하객들을 완전히 뒤집어 놓았잖아? 우리 시골집을 흥분의 도가니로 만들었잖아?"

그날 생각을 하니 나는 얼굴이 새빨개지면서 후끈 달아올랐다. 무슨 용기로 그랬는지, 세주가 아니었으면 꿈도 꾸지 못할 일이었다.

"우리 아버지도 너희를 그렇게 보냈다고 화를 막 내셨었어. 그래서 내가 너희한테 감사 표시를 하려고 별렀는데, 시간이 안 맞지 뭐니?"

"오빠, 많이 바빴다며?"

"응. 이것저것 할 게 많아서 아주 바빴지. 여름방학 때도 집에 못 내려오고, 추석 때는 왔다가 다음 날 바로 올라가고."

대학생들은 방학을 두 달간이나 한다는 소리를 들었는데. 뭐가 그리도 바쁘다는 건지, 내가 또 넌지시 물었다.

"오빠, 혹시 알바 하세요?"

"알바 하지!"

"무슨 알바요? 학생 과외요?"

이번에는 세주가 물었다.

"과외 알바가 아니고, 세차장!"

"세차장이요? 차 닦는 거요?"

"응. 차 세차! 레스토랑에서 접시 닦기도 하고."

"두 가지를 해요?"

"아니! 전에는 접시 닦기, 근래에는 차 세차! 편의점 알바도 했었고."

나는 은하 친척 오빠가 달리 보였다. 나름 부잣집 아들인데 그런 알바까지 한다니 존경스러웠다. 앞니 하나가 약간 비뚤어진 것 빼고는 생김새도 괜찮았다.

"아 참! 뭘 시켜 먹어야지?"

"여기 너무 비싸, 오빠! 음식도 생소한 것들뿐이고."

"은하, 너 왜 그러니? 가장 좋은 식당에서 가장 비싼 음식을 사달랬잖아?"

"그건 그냥 해본 소리고, 이런 고급 식당을 예약할 줄은 몰랐지!"

우리가 메뉴를 고르지 못하자 대학생 오빠가 비프스테이크를 시켰다. 1인분에 무려 2만 5,000원이었다.

"돈가스는 많이 먹어봤을 테고. 소고기로 만든 이 비프스테이크 먹어봐!"

대학생 오빠가 비프스테이크에 대해서 자세한 설명을 해주었다. 레스토랑에서 접시 닦기 알바를 하면서 많이 먹어봤다는 것이었다. 나는 비프가 소고기를 의미한다는 걸 처음 알게 되었다. 혹시 미국산 수입 소고기가 아닐까. 광우병이 떠올라 조금 걱정스러웠다.

"오빠는 여길 어떻게 알았어?"

"친구랑 두어 번 와봤지!"

"친구 누구?"

은하가 추궁하듯 물었다.

"동창, 초등학교!"

"초등학교 여자 동창? 애인이야?"

"애인은 아니고, 그냥 친구지 뭐!"

"그냥 여자 친구랑 비싼 여길 두어 번이나 와?"

잠시 당황한 표정을 짓던 대학생 오빠가 대답을 회피하고 말을 슬쩍 돌렸다.

"서울 봉천동 하숙집 다 정리하고 내려온 거야. 학교는 그끄저께 휴학했고."

"어머! 왜요?"

나이프로 비프스테이크를 썰다 말고 내가 물었다. 세주, 은하, 인정이도 동작을 멈췄다.

"군대 가려고 휴학했지. 내년 2월 초에 입대해야 돼."

"오빠 2대 독잔데 군대 가?"

"독자도 가야지! 옛날에는 2대 독자, 3대 독자는 종종 면제되기도 했는데, 요즘은 안 그래!"

비프스테이크는 맛있었다. 나는 미국 소고기든 한국 소고기든 상관 않고 남김 없이 싹싹 긁어먹고서 그 맛을 기억해두었다.

"오빠, 맛있게 잘 먹었어요. 그런데 오빠, 이 레스토랑 이름 카사블랑카가 무슨 뜻이에요? 영어예요?"

궁금한 건 참지 못하고 즉석에서 물어보는 내 버릇이 또 툭 튀어나왔다.

"영어는 아니고, 아프리카 모로코의 항구 도시 이름이야. '하얀 집'이라는 뜻이고."

"하얀 집이요?"

"응. 〈카사블랑카〉라는 미국 영화도 있어. 바로 그 항구 도시를 배경으로 한 영화야."

역시 막힘없이 대답을 해주는 모습에 나는 대학생 오빠에게 매력을 느꼈다. 내친김에 또 물었다. 지난달 택시 기사 아저씨와 나눴던 대화가 생각나서였다.

"오빠, 혹시 중2병 아세요?"

"당연히 알지! 왜?"

"오빠 중2 때는 어땠어요? 이유 없는 반항, 일탈 행위, 불량스러운 태도. 뭐 그랬어요?"

나는 물론 세주, 은하, 인정이도 아까보다 더 귀를 쫑긋 세우고 시선을 집중시켰다.

"사춘기는 거센 바람과 성난 파도 같은 질풍노도 때니까 그런 면이 어느 정도 있었지만, 개인적 성격이나 가정 환경, 가정 교육 등등에 따라 다 다르게 표출되지!"

확실한 대답이 아니라서 약간 실망스러웠다. 은하가 톡 쏘아붙였다.

"그래서? 오빤 중2병을 앓았다는 거야, 뭐야?"

"앓은 것 같기도 하고, 안 앓은 것 같기도 하고."

"대답이 뭐 그래요? 남자가 확실해야지요!"

세주가 포크를 놓고 대학생 오빠를 똑바로 쳐다보며 면박을 주었다.

"하하! 독감이 전국적으로 유행해도 본인도 모를 정도로 살짝 앓거나, 아예 안 앓고 지나가는 사람들도 있잖아? 천차만별인 거지."

그 말에 우리는 할 말을 잃고 말았다.

"너희들이 지금 중2라서 중2병에 관심이 많구나?"

"관심이 많은 게 아니라, 그냥 오빠 의견을 물어본 거예요."

솔직히 우리는 꽤 신경이 쓰였으나 아닌 척 시치미를 잡아뗐다. 대학생 오빠가 설명을 덧붙였다.

"사춘기는 성장 과정 중의 짧은 한 구간일 뿐이야. 중2병이 지나치게 심하면 심리 치료라도 받아야 하겠지만, 대부분은 사춘기 성장통을 겪고 나서 제자리를 잡는다는 말이지. 오히려 한 단계 더 성숙해지는 아이들도 많고."

대학생 오빠의 설득력 있는 말에 나는 나도 모르게 고개를 끄덕거렸다. 특히 끝말이 마음에 쏙 들었다.

디저트로 딸기 주스가 한 잔씩 나왔다. 연분홍 주스 위에 반으로 쪼갠 생딸기 네 조각을 올려놓은 것이었다.

"천천히 마셔! 혜진이 너는 질문도 거리낌 없이 하고, 지적 호기심이 참 많아. 그거 아주 좋은 거야!"

"아이, 제가 뭘요!"

칭찬을 들으니 쑥스러웠다. 그러면서도 기분이 좋았다.

"나중에 대학 가서 그런 지적 호기심, 탐구욕 맘껏 채워봐!"

"저는 대학 못 가요."

"왜 못 가?"

"공부도 잘 못하고, 집안 형편도 나쁘고……."

"공부는 네가 마음먹기에 달린 거야. 집안 형편은 핑계에 불과해! 뜻이 있는 곳에 길이 있다고, 형편이 어려워도 대학 가는 길은 여러 가지거든."

진심이 아닌 단순한 위로의 말로 들렸다. 내 처지를 정확히 판단한 나는 이미 며칠 전부터 미싱을 배우는 중이었다. 아줌마들이 친절하게 가르쳐주었다. 작은고모는 미싱으로 수를 놓는 미싱자수가 전망이 밝다고 그걸 추천해주기도 했다.

"세주 너는 인상이 부드러우면서도 강한 게, 외유내강형이야. 멋진 여장부가 되겠어!"

"칭찬이에요?"

"칭찬이지! 인정이는 포용력이 많겠어. 듬직한 맏언니나 맏며느리 같아. 은하는 이해심이 많고 참 귀여워! 촐랑끼만 좀 없애면 더 많은 귀염을 받을 텐데."

"내가 뭘 촐랑댄다고 그래?"

은하가 두 눈을 허옇게 흘겼다. 은하는 속눈썹이 좀 짧았으나 눈망울이 크고 전체적으로 귀여운 인상이었다.

"야, 너희들 저 하트 연못 봤니?"

"예, 아까 봤어요."

"일어나서 이리 와봐!"

우리는 일어나서 창가로 갔다.

"저 인공 연못 가운데 물 위로 약간 솟은 장치물이 보이지? 여름에 분수 뿜는 장치 말이야."

"예, 보여요."

"그 장치 주변으로 물에 살짝 잠긴 것들도 보이지? 점점이 원을 이룬 것."

"예, 보여요. 근데 저건 뭐예요?"

인정이의 질문에 대학생 오빠가 친절하게 가르쳐줬다.

"저건 조명 장치야. 분수를 높이 뿜으면서 밑에서 무지개색의 조명을 비춰주는 거지."

"아아!"

"밤에 보면 진짜 멋있는데, 지금은 겨울이라 안 해!"

"에이! 오늘만 해주지, 쫌!"

은하가 아쉬움을 나타냈다. 나도 무지개 조명 분수를 보지 못해서 아쉬웠다.

"하여튼, 돌을 던져서 저 조명등 원 안에 떨어지면 반드시 소원이 이루어진다는 말이 있어."

"정말로요?"

"그래. 나도 많이 던져봤어."

"그럼 오빠는 소원 이뤘어요?"

"아직 두고 봐야 알지."

실내에 애절한 바이올린 곡이 잔잔히 흘렀다. 나는 왠지 그 곡에 끌려 귀를 기울였다. 전혀 들어본 적이 없는 곡이었지만 가슴이 먹먹해졌다.

"혜진이, 저 바이올린 곡 마음에 드니?"

"예. 무슨 곡이에요?"

"〈지붕 위의 바이올린〉이라는 영화의 오리지널 사운드 트랙 (OST)이야, 그 영화 주제곡이지. 곡명은 「선라이즈 선셋」이고. 나중에 그 영화 꼭 봐봐!"

주스를 다 마신 대학생 오빠는 친구들과 약속이 있다며 가버렸다.

"야, 우리가 언제 이런 델 또 와보겠니? 이거 다 마시고 가자!"

"당연 그래야지!"

우리는 기다란 빨대를 입에 물었다. 그리고 컵에 남은 딸기 주스를 아프리카 흡혈 모기처럼 쪽쪽 빨아댔다. 느닷없이 바이올린 선율을 흩트리는 쪽쪽 소리에 손님들이 곳곳에서 일어나 우리를 노려봤다. 가까이 앉은 몇몇 손님은 금방이라도 달려와 빨대를 잡아챌 기세였다. 그러거나 말거나 우리는 딸기 주스를 다 빨아먹고서 카사블랑카를 나왔다. 그리고 곧장 하트 연못가로

갔다.

"내려와서 보니까 연못이 좀 더 큰 것 같다."

"저 물새들은 먹이 잡느라고 물속으로 들어갔다 나왔다, 바쁘다!"

"우리 이 연못 한 바퀴 빙 돌자! 소화도 시킬 겸."

우리는 나란히 붙어서 천천히 걸었다.

"나, 비프스테이크 진짜 맛있게 먹었어!"

내 말에 친구들이 걸음을 멈췄다.

"그게 얼마짜린데 안 맛있겠니?"

"나는 별로였어! 분식집에서 먹은 돈가스가 더 맛있었어!"

"그러면 앞으로 인정이 넌 6,000원짜리 그거나 평생 먹어!"

자기 친척 오빠가 사준 비싼 비프스테이크를 분식집 싸구려 돈가스보다 못하다고 평하자, 은하가 발끈해서 인정이를 밀쳤다. 그 순간 분위기가 싸늘하게 변했다. 연못 쪽으로 두 발짝이나 밀쳐진 인정이가 굳은 얼굴로 은하를 쏘아봤다.

"나, 연못에 빠질 뻔했잖아?"

그러더니 은하한테 빠르게 다가가서 섰다. 코가 맞닿을 듯 아주 가깝게. 그 자세로 둘이서 눈싸움을 했다.

"실컷 얻어먹고 나서 그렇게 말하면 너는 기분 좋겠니?"

"그게 맛이 없다는 게 아니라, 돈가스가 좀 더 맛있다는 말이었어!"

"뭐가 그래? 별로였다고 그랬잖아."

"친구한테 평생 그거나 먹으라는 말은 잘한 말이야?"

아무래도 내가 끼어들어야 할 것 같았다. 그대로 두었다가는 서로 머리채를 잡고 싸울지도 몰랐다. 막 다가가려는데 세주가 한 발 빨랐다.

"그만해! 그거 가지고 친구끼리 치고받고 싸울래? 하수관 지옥 속을 함께 여행했던 사인데."

세주가 은하와 인정이를 떼어놓았다. 내가 말로 거들었다.

"세주 말이 맞아! 사람 입맛은 다 다른데, 맛있을 수도 있고 좀 덜 맛있을 수도 있지. 인정이 말이 약간 지나치긴 했지만."

그래도 은하와 인정이의 굳은 표정은 풀어지지 않았다.

"아까 대학생 오빠가 은하는 이해심이 많다고 그랬잖아? 인정이는 포용력이 있고. 그러니 서로 이해하고 화 풀어!"

그 말도 통하지 않았다. 그 오빠가 사람을 잘못 본 것 같았다.

"야! 1학기 때, 유모차 할머니가 주신 그 무 장아찌 생각나?"

"……!"

"그거 나는 맛있다고 했는데, 너희는 못 먹겠다면서 나한테 다 줬었잖아."

"……!"

"그래서 내가 네 봉지나 가지고 가서 다 먹어치웠잖아. 그날 나, 설사가 터져서 밤새 1층 화장실에 올라가 오토바이를 탔다고."

그 말에 아이들이 키키키킥! 웃었다. 물론 설사가 터졌다는 건
거짓말이었다.

웃음을 그친 세주가 허리를 굽혀 무언가를 집어 들며 말했다.

"애들아, 우리 이 자갈 던져서 연못 가운데 저 원 안에 넣어보
자!"

"좋아! 소원이 이루어진댔지? 해보자! 은하야? 인정아?"

"그래!"

우리는 땅바닥에 깔린 자갈을 집어 들어 연못 중앙을 향해 던
졌다. 마음속으로 소원을 빌면서 거듭거듭 던졌다.

"세주야, 넌 무슨 소원을 비는 거야?"

"키가 좀 더 커지고, 힘도 좀 더 세지게 해달라고. 혜진이 넌?"

"나는 뭐, 여러 가지!"

속으로 나는 엄마가 돌아오게 해달라고 빌고 있었다.

"나는 우리 집이 부자가 되게 해달라고 비는 중이야."

"난 더 예쁘게 해달라고. 소녀시대 유리처럼!"

인정이와 은하도 자기 소원을 밝혔다.

"아이씨! 왜 이렇게 안 들어가는 거야?"

"나는 바로 옆에 떨어졌어."

연못가 저만치에 '연못 속으로 돌멩이나 음료수 병을 던지지
마시오! 적발 시 고발 조치하겠음!'이라고 쓴 경고판이 서 있는

것도 모르고, 우리는 각각 100번도 넘게 자갈을 집어던졌다. 횟수를 거듭할수록 자갈이 날아가는 거리는 점점 짧아졌다. 그와 반대로 어깨는 더욱 아프고 손목이 저렸다. 결국 여러 개 조명 장치들이 이룬 둥그런 원 안에 자갈을 던져 넣은 사람은 아무도 없었다.

"우리 소원은 이루어지지 않으려나 보다."

"아후! 괜히 힘만 뺐네!"

실망감으로 고개를 숙이고 어깨를 축 늘어트린 채, 터벅터벅 20여 미터 걸어갔을까.

"어? 이게 뭐지?"

나는 고개를 치켜들고 하늘을 올려다보았다. 친구들도 따라 했다.

"와!"

우리는 동시에 큰 목소리로 외쳤다.

"눈이다!"

짙은 회색빛 하늘에서 눈송이가 펄펄 쏟아져 내리고 있었다. 장아찌 할머니의 머리칼만큼 곱고 하얀 첫눈이었다.

에필로그

"야, 혜진아! 걔 안 오나 보다."

은하가 나를 흔들어대서야 나는 과거 추억 속에서 겨우 빠져 나온다. 이번에 꼭 만나보고 싶었건만 끝내 나타나지 않다니. 엄마도 떠나고서 안 돌아왔는데 그 애마저도. 칼로 도려진 듯 가슴 한쪽이 몹시 쓰리고 아프다.

"그래. 그만 기다리자. 내가 보낸 문자를 못 봤나 봐. 아님, 그 번호가 아닌 건지도 모르고."

그 말을 하면서 나는 속으로 틀림없이 그 애가 죽었을 거라 확신한다. 그렇지 않다면 그리 오랫동안 나한테 전화 한 통 안 했을 리가 없다. 커다란 상실감으로 내 양쪽 눈에 눈물이 가득 고인다. 급작스레 현기증이 일며 상체가 흔들린다.

"세주 걔, 우리를 완전히 잊었나 봐. 그냥 우리끼리 가야지 뭐!"

"다음에 걔 연락처를 확실하게 알아보자! 여기저기 수소문하면 알아낼 수 있을 거야."

"그, 그래. 어서 가서 자, 장아찌 할머니부터 만나자!"

내 목소리가 떨려서 나온다. 자꾸 세주 얼굴이 눈앞에 어른거린다. 아니, 점점 더 선명해지면서 슬픔을 고조시킨다. 그러다 기어코 눈물이 뺨을 타고 흐른다. 나는 얼른 손등으로 눈물을 닦는다.

우리가 막 벤치에서 일어서려는 순간.

"필승!"

뒤에서 우렁찬 목소리가 들린다. 우리는 대화를 멈추고 동시에 뒤를 돌아본다. 제복을 단정하게 차려입은 웬 군인이 한 명 서 있다. 거수경례 자세다.

"해군 중사 구세주, 보고합니다! 대한민국의 안보와 국민의 안녕을 위해 복무 중 7일간의 휴가를 명 받아서 친구들을 만나러 나왔습니다. 필승!"

하얀 모자, 검은색 상의와 하의, 반짝이는 구두. 가슴에 붙은 명찰을 보니 분명히 구세주라고 쓰여 있다. 나는 그만 세주를 와락 끌어안고 울음을 터트린다.

"세주야! 으어어엉! 나는 네가, 네가……."

목이 메어 뒷말을 잇지 못한다.

"대체 얼마 만이니? 근데 너, 옷차림이 이게 뭐야?"

"너, 여군 코스프레하는 거니?"

은하와 인정이는 세주가 입고 있는 군복에 놀라 직접 만져보며 질문을 퍼붓는다.

"이게 해군 여자 부사관 정복이야. 하의는 이렇게 치마로 돼 있어."

"그럼 너 진짜 여군이 된 거야?"

"응. 해군 부사관! 계급은 중사야."

나는 겨우 울음을 멈추고서 세주 군복에 붙은 계급장을 쓰다듬는다. 마치 내가 부사관이 된 듯 자랑스럽고 뿌듯하다.

"살아 있어서 고마워, 세주야! 정말 고마워!"

"내가 연락을 안 해서 죽은 줄로 알았구나?"

"응! 그렇게 생각했었어. 근데 해군 중사가 되어 나타나다니, 대단하다! 참! 세주 너, 수영 못 하잖아?"

"맞아! 나 수영 못 했었지."

"그런데 어떻게 해군 부사관이 된 거야?"

도저히 믿을 수가 없어서 나는 두 눈을 똥그랗게 뜬다. 세주가 주먹을 쥐어 보이며 대답한다.

"수영 못 하니까 깡다구로 해군 부사관에 지원한 거지."

"지금은 잘해?"

"그럼! 지금은 잘하지! 빠르게는 300미터, 느리게는 3킬로미터는 너끈히 가."

"와! 3킬로미터나? 하여튼 부사관 된 거 축하해!"

나는 다시 한번 세주를 껴안고 진심으로 축하해준다. 그리고 죽지 않고 살아 있음에 재차 감사를 표한다. 엄마처럼 세주도 나를 버리고 떠나버렸을까 봐, 그간 애간장을 엄청스레 태웠었다.

"고마워! 정말 고마워, 세주야!"

"뭐가 고마워? 너희들, 다 잘 있었지?"

"그럼. 우리는 다 잘 있었어!"

"아 참! 이러고 있을 때가 아니야. 얼른 가야지!"

우리는 '초보운전'이라는 딱지가 붙은 은하의 흰색 액센트 승용차를 타고 목적지를 향해 출발한다. 인정이가 즉시 잔소리를 퍼붓는다.

"은하야, 운전 조심해서 천천히 가! 뽐내다가 사고 내지 말고."

"사고가 왜 나? 나만 믿어!"

은하의 반문에 우리는 입을 꾹 다물고 만다. 그러나 불안함을 감추지 못한다.

나는 옆에 앉은 세주한테 눈길을 돌린다. 세주와 나란히 앉아 있다는 사실이 도무지 믿어지지 않는다.

"세주 넌 어떻게 된 거니? 4년 넘게 연락도 한번 안 하고? 내가 널 얼마나 보고 싶어 했는데."

새침한 표정으로 묻는다. 세주가 내 손을 꼭 잡는다.

"미안해! 그게 그렇게 됐어. 나도 네가 무척 보고 싶었는데, 꾹 참았어! 좀 더 성숙해진 내 모습을 보여주려고."

"그게 무슨 말이야?"

세주가 내 귀에 입을 바짝 들이대더니 낮은 목소리로 말한다.

"이건 비밀이니까 너만 알고 있어! 사실 나한테 해군 부사관이 되라고 추천해준 사람이 바로, 닌자 너구리 선생님이야!"

"뭐, 뭐? 닌자 너구리가?"

나도 모르게 목소리가 크게 터져 나온다. 은하와 인정이는 또 속눈썹 흥정을 하느라 정신이 없다.

"응! 전문대 졸업하고서 길을 정하지 못해 1년 넘게 방황을 했었거든. 아빠가 운동이라도 하라고 해서 검도관에 등록을 했었어. 거기서 닌자 너구리를 다시 만났던 거지! 내가 솔직하게 사정을 말했더니, 해군 부사관을 추천해줬어. 그래서 부사관 시험공부하느라 학원도 정말 열심히 다녔었고."

이해가 어느 정도 되기는 하나 서운함이 다 가시진 않는다.

"그리고 다행히 합격해서는 무슨 훈련에, 무슨 교육에. 별별 걸 다 하느라 눈코 뜰 새도 없었어."

"많이 힘들었겠다."

나는 애처로운 표정으로 세주를 지그시 바라본다. 옛날보다 키도 좀 크고 얼굴도 예뻐졌으나, 훈련 때문인지 피부는 거무스름하다.

"힘들지만, 보람도 있어! 나, 미국 해군이랑 하는 연합 훈련에도 참가했었고, 군함 타고 세계일주 순항 훈련도 갔다 왔어. 6개월간 12개국."

"6개월간 12개국을?"

"응! 지지난 주에 진해항에 도착했어."

세주가 그동안에 있었던 일들을 하나하나 얘기해준다. 모두 놀랍고 흥미로운 것들이다. 얘기 중간에 내가 다시 묻는다.

"너희 아파트에 찾아갔었는데, 주방에서 불이 나 다른 곳으로 이사 갔다던데?"

"어. 그랬었어! 불이 나서 급하게 떠나야 했어. 동산동 작은 아파트로."

"어쩌다 불이 난 거야?"

모두 귀를 기울여 세주의 대답을 기다린다. 세주가 멋스런 모자를 고쳐 쓰고 나서 입을 연다.

"동생이 가스레인지에 음식 올려놓고서 깜빡 잠이 든 거지 뭐! 미트볼 라면 파스타, 그거 만들어 먹는다고."

나는 언젠가 세주가 만들어주었던 미트볼 라면 파스타를 떠올리며 빙그레 웃는다. 세주도 따라 웃는다.

"불에 화상을 입진 않았어?"

"그때 나는 이미 해군 부사관 학교에 입교해 있었어. 동생이 연기를 좀 마셨는데, 금방 퇴원했고."

"그 쌍둥이 남동생은 지금 뭐 해? 남성고 졸업하고 무슨 전문대 갔다는 건 알고 있었는데."

세주와 항상 티격태격했던 쌍둥이 남동생이 궁금해서 넌지시 물어본다.

"세우 걔 호텔조리과 나왔는데 군대 제대하고, 지금 원광대 정문 건너편에서 라면 전문점 해!"

의외의 대답에 나는 화들짝 놀란다. 너무도 뜻밖이라 상상조차 안 된다.

"어머! 라면 전문점? 그거 잘돼?"

"잘된대! 우리 엄마도 2년 전에 전자 공장 때려치우고 동생을 돕고 있어."

"아, 다행이다!"

"곧 역 앞에 분점도 차릴 예정이래!"

그 말을 해놓고 세주가 내 얼굴을 뚫어져라 살핀다. 나도 세주 얼굴을 살피며 눈을 맞춘다. 샛별처럼 반짝이는 세주의 눈빛이 따스하고 부드럽다.

"혜진아, 너는 아직 공부하는 거야? 4년 전, 우리 마지막 통화 잠깐 했을 때 공부 계속할 거라고 그랬잖아?"

"응! 나는 전북대 졸업하고 곧장 대학원에 진학했어. 석사 과정 2년 차야."

"그럼 언제 박사가 되는 거야?"

"박사는 아직 3, 4년 더 해야지. 근데 아무래도 포기해야 될 것 같아."

두어 가지 알바를 하느라 내 공부를 할 시간이 모자라서 박사 과정까지 마칠 수 있을는지, 나도 확신할 수가 없다. 이불 공장이 잘돼 송학동으로 확장 이전을 한 작은고모가 4년 동안 대학 등록금을 보조해줬었다. 대학원 때도 보태주겠다는 걸 나는 정중히 사양했다. 더 이상은 염치가 없어서였다.

인정이, 은하, 세주는 자기 자리를 확실하게 잡았는데 나만 혼자 그렇지 않아서 의기소침해진다. 시무룩하게 변한 내 표정을 살피던 세주가 내 어깨를 툭툭 친다.

"포기를 왜 해? 시작했으면 끝까지 해야지!"

"사정이 여의치 않아!"

"이런저런 사정 없는 사람이 어디 있니? 나는 내년에 해군 UDT 대원 선발에 응모할 거야."

"해군 UDT? 그건 또 뭐야?"

생전 처음 들어 본 말이라 나는 고개를 갸웃거린다.

"해군 특수전 부대야. 수중 폭파, 대테러 작전, 인질 구출 같은 아주 위험한 임무를 수행하는."

"여자가 그런 위험한 걸 왜 하려고 그래? 하지 마!"

나는 세주가 다치기라도 할까 봐 적극적으로 말린다. 세주가 고개를 여러 차례 가로젓는다. 단단히 결심을 한 표정이다.

"꼭 하고 말 거야! 선발 안 되면 될 때까지 재도전을 거듭해서라도."

목표를 정해놓고 과감하고도 당당히 정진하는 세주의 모습에 나는 깊은 감명을 받는다. 언제나 긍정적인 에너지를 전해주는 행운의 친구 세주가 한없이 고마워진다. 나도 내가 택한 길을 포기하지 않고 꿋꿋이 가보리라 마음을 다잡는다.

"근데 혜진이 너 무슨 전공이라고 했지?"

"식품영양학!"

"그건 뭐하는 거야?"

"뭐, 쉽게 말해 식품의 영양을 연구하는 건데. 너 놀라지 마!"

내 말에 친구들이 다 나를 쳐다본다. 나는 얼른 말하지 않고 뜸을 들인다.

"왜? 뭔데? 말해봐! 안 놀랄 테니까."

"나, 사실 장아찌 연구 중이야."

"뭐어? 장아찌이?"

세주는 물론 인정이와 은하, 셋이 한꺼번에 놀란다. 여태 친구들에게 말을 한 적이 없기 때문이다.

"응! 장아찌 연구로 석사 학위, 박사 학위 다 받을 계획이야."

"아니, 왜 하필 장아찌를 연구하니? 장아찌 그게 뭘 연구할 게 있다고?"

"연구할 게 왜 없니? 많아! 적정 염분 농도, 발효 상태, 유해 곰팡이 발생 및 종류, 다른 염장 식품과의 영양 비교 분석 등등."

"아아아! 비교 분석! 골치 아프다. 그만해!"

인정이와 은하가 도리질을 친다. 중2 때 국어 수행평가였던 시 비교 분석 과제가 생각나는지 세주도 크크 웃는다.

"솔직히 말하면, 대학 3, 4학년 때 그 장아찌 할머니 여러 번 찾아가서 만나고 장아찌도 얻어오고 그랬어."

나는 우리나라 전통 식품인 장아찌를 연구하게 된 계기와 장아찌 할머니의 도움에 대해 사실대로 밝힌다.

30분쯤 달려서 우리는 목적지인 남성여중에 도착한다. 수위 아저씨한테 방문 목적을 알리고 운동장으로 들어간다. 차에서 내리니 녹색 잔디가 깔린 너른 운동장이 우리 시야를 가득 채운다. 라일락 꽃향기까지 은은하게 풍겨서 기분이 상쾌해진다.

"와! 운동장에 천연 잔디를 심었네? 보기 좋다!"

"빙 둘러서 스탠드도 만들었어. 많이 좋아졌다."

"이 운동장에서 돌멩이 파내서 저쪽으로 나르던 생각난다."

"흙 퍼나르기 싫다고 도망가다가 닌자 너구리한테 잡혀 왔었잖아?"

우리는 나란히 걸어 잔디 운동장을 가로지른다. 그러고는 장 아찌 할머니의 성함을 따서 '임금녀관'이라고 명명된 실내 체육 관으로 들어간다. 현대식으로 웅장하게 지어 출입구부터 번쩍 번쩍하다.

"우리 넷 중에 나만 이 체육관을 사용해봤구나!"

"그랬지. 우리 중학교 졸업 때까지 이 건물이 완공 안 됐었으니까."

"맞아! 세주 너만 남성여고로 진학했고, 우리 셋은 다 다른 고 등학교로 갔었잖아?"

"그래! 난 왠지 처음부터 이 학교가 끌렸었어! 그래서 다른 고 등학교는 생각도 안 했었지."

당시 11월에 기공식을 했지만, 무슨 이유에선지 실제 공사는 겨울을 넘긴 다음 해 봄에 시작됐다. 그나마 진척이 느려서 두 어 차례 중단되기도 했었다. 할머니가 상속받은 재산에 법적인 문제가 발생해서 그런 거라는 소문만 들었을 뿐이었다.

"멋있게 잘 지었다!"

"체육관 겸 강당으로 지어서, 무대 설치도 다 돼 있어. 무대에 서 연극도 하고 노래자랑도 하고 그랬어."

내부 우측 끝에 별도로 마련해놓은 공간으로 다가가서 걸음 을 멈춘다. 최종 목적지인 장아찌 할머니의 기념실이다. 마음이 숙연해진다. 15평 넓이의 실내로 들어가자 장아찌 할머니가 우리를 맞이한다. 장아찌를 가득 실은 유모차를 밀며 순박하게 웃는 모습이다.

"이 큰 사진을 맨 앞에 배치했구나."

"좁지만 잘 꾸며놓았네!"

벽에 할머니 사진이 여러 장 붙어 있다. 기공식 날 찍은 귀빈 사진 속에는 세주도 나온다. 바닥에 설치된 길쭉한 유리관 속에는 할머니의 유품 수십 점이 진열되어 있다. 신발, 옷, 양말, 수건, 밥그릇, 수저, 반짇고리, 호미, 낫, 괭이, 바구니, 소형 항아리 등등. 모두가 매우 낡은 것들이다.

"이거 봐! 이 유모차도 진열해놨다."

"이 고물 유모차를 보니 할머니 처음 만났던 날이 생각난다."

천천히 움직이며 내부를 꼼꼼히 둘러본 우리는 차례로 방명록을 작성한다.

늦게 찾아와서 죄송해요, 할머니! _차인정

할머니 많이많이 보고 싶어요! _함은하

오래오래 잊지 않을게요. 사랑해요! _구세주

할머니, 천국에서는 힘든 일 하지 마시고 편히 지내세요.

또 올게요. _남혜진

마지막으로 방명록을 쓰는 내 눈시울이 뜨거워진다. 방명록을 덮으려던 나는 어떤 사람들이 다녀갔는지 보려고 앞 페이지를 몇 장 넘긴다. 그러다 깜짝 놀라 동작을 멈춘다.

'어머! 얘가 여길 왔다 갔네!'

어느 틈에 밖으로 나간 친구들은 저만치 체육관 출입문 쪽으로 걸어가는 중이다.

'쟤네한테 말해줄까, 말까?'

갈등이 일렁이는 마음을 안고 친구들 뒤를 따라간다.

임금녀관 밖 계단에 앉은 우리는 학교를 살펴보면서 이야기를 나눈다.

"작년 7월 16일에 할머니가 돌아가셨는데 이제야 와보다니. 죄책감이 든다."

"우리 각자 뿔뿔이 흩어져서 다 바쁘게 살았으니 뭐!"

"혜진이 넌 할머니 마지막으로 만난 게 언제였어?"

은하의 물음에 나는 기억을 더듬는다.

"작년 4월 말이었는데, 그때도 건강이 좀 나쁘시기는 했었어. 돌아가셨다는 소식은 8월 중순경에 들었고. 옛날 그 낡은 기와집에 가봤더니 다 폐쇄되었더라."

나는 폐쇄된 집에 들어가서 마루에 앉아 한참을 울먹였었다. 정이 깊게 들었던 할머니가 이제 이 세상 사람이 아니라는 사실을 쉽게 받아들일 수 없었다. 죽음이란 언제나 슬프고 받아들이기 괴로운 일이었다.

"가능한 한 우리 1년에 한 번씩 할머니 뵈러 오자!"

"좋아! 그렇게 하자!"

내 제안에 모두 쉽게 동의를 해준다.

"참! 너희 그거 모르지?"

세주가 그렇게 묻고 우리를 둘러본다. 무슨 짓궂은 장난을 하려고 그러는지. 나는 세주의 눈빛을 읽는다. 하지만 읽히지 않는다.

"장아찌 할머니가 우리 학교에 기증하신 재산이 100억이 넘어!"

"와! 100억? 그 할머니 재산이 그렇게 많았어?"

"그 당시에 5, 60억이라고 했는데 또 기증을 하신 거야?"

고개를 젓고 난 세주가 설명을 한다. 금시초문이라 나도 귀를 기울인다.

"그게 아니고, 그때 기증한 할머니 땅값이 2년 후에 왕창 올랐어!"

"어머! 그게 왜 올라?"

"금마면에 있는 야산을 정밀 재측량해봤더니 8만 평이 아니라 11만 평이더래. 그게 가장 많이 올랐대."

그럴 수가 있겠다는 생각이 든다. 아파트 신축 열기로 땅값이 많이 오르고 있다는 뉴스를 본 기억이 난다.

"거기가 개발 지역이 돼서 대그룹 건설 회사가 한꺼번에 다

샀대! 아파트를 짓는다고.”

나는 마치 내가 큰 부자가 된 것인 양 가슴이 부풀어 오른다. 신이 난 세주가 다시 설명을 잇는다.

“전문가가 기증 재산을 다시 평가했더니 총 100억 원이 훌쩍 넘더래!”

“그런 일도 생기는 구나!”

“그래서 학교 복구 설계가 바뀐 거야. 운동장에 천연 잔디 깔고, 빙 둘러서 5단 스탠드 만들고, 실내 체육관도 더 멋있게 더 현대식으로 짓고.”

세주의 설명을 들으면서 나는 다시 가슴이 먹먹해진다. 살아생전의 할머니 모습이 한 장면 한 장면 앨범 사진처럼 떠오른다. 평생을 홀로 기다림의 세월을 산 할머니. 생각할수록 할머니의 삶이 애처로우면서도 아름다워 눈가에 이슬이 맺힌다. 다른 친구들도 그런지 모두 입을 닫고 운동장만 바라본다.

우리는 천천히 교정을 걸어 중학교 앞쪽의 중앙정원으로 이동한다. 옛날보다 더욱 멋스럽고 짜임새 있게 꾸며진 모습에 감탄을 연발한다. 중앙정원과 교실 앞에 길쭉이 조성된 화단은 웬만한 대학 캠퍼스를 능가하는 수준이다. 고목이 된 라일락 나무 밑 벤치에 나란히 앉은 우리는 중2 때 교실에 시선을 고정시킨다. 그러고는 얼마간 그 당시의 추억을 되새김질한다. 가슴에 영원히 남을 아름다운 추억을.

"토요일이라 학교가 조용하다."

"아차! 얘들아, 내가 선물 하나씩 줄게!"

나는 핸드백을 열어서 책을 꺼낸다.

"자, 한 권씩 받아! 시집이야."

"시집? 난 시라면 질색인데!"

"오! 예쁘다!"

"시간 날 때 심심풀이로 읽어봐."

바빠서 책을 읽을 시간이 전혀 없다는 은하만 빼놓고 세주와 인정이는 싫어하지 않는다.

"점심을 먹기엔 아직 이른 시간인데, 카페 가서 커피나 한잔 할까?"

"참! 또 하나 말할 게 있는데, 할까 말까 망설여져!"

"해봐! 우리 사이에 못 할 말이 뭐가 있니?"

친구들 시선이 나한테 다 쏠려 있다. 그 모양이 꼭 어미 새가 먹이 나눠주기를 기다리는 새끼 새들 같다.

"저기, 아까 내가 방명록에서 누구 이름 봤는지 알아?"

"방명록에서? 누굴까? 중2 때 담임 조위석사?"

"혹시 체육 선생 닌자 너구리? 사회 선생 유라큐라?"

나는 고개를 젓는다.

"그러면 누구야? 말해줘!"

"너희 놀라지 마! 누구냐 하면, 오, 도, 희!"

오도희 이름을 듣자 친구들이 눈을 깜빡거린다. 달갑지 않아하는 눈치다.

"오도희? 오도희면 그 오이소박이 패 짱이잖아?"

"그래! 걔 이름을 봤어!"

"그게 뭐? 너두 참……!"

인정이가 별거 아니라는 표정을 짓는다. 나는 또 다른 사실을 알려주기로 한다.

"그러면 더 놀라운 걸 알려주지!"

잠시 뜸을 들인 후 입맛을 다시고서 얘기를 해준다.

"오도희 걔가, 오늘, 결혼한다더라."

기대와 달리 아무도 놀라지 않는다.

"나이가 몇인데 벌써 결혼이야?"

"칫! 하면 하는 거지, 그게 뭐 어쩌라고?"

은하와 인정이가 또 시큰둥한 반응을 보인다. 관심이 전혀 없다는 표정을 짓는다. 하지만 세주는 호기심을 나타낸다.

"오도희가 오늘 결혼한다고? 어디서?"

"시청 옆 행복 예식장이래. 12시 정각!"

"그래? 그럼 우리 거기 가보자!"

세주의 말에 나, 은하, 인정이는 동시에 깜짝 놀라며 두 눈을 휘둥그렇게 뜬다. 설마 거기를 가보자고 할 줄은 몰랐기에 나는 머리까지 떵해진다.

"거길 왜 가?"

"그러게. 그것들이랑 우리랑은 앙숙이었는데!"

나는 세주가 도희 결혼식장에 가지 않도록 설득을 한다. 거기 가서 싸움이라도 붙으면 지방 신문에 대문짝만 하게 나올 게 뻔하다.

"가서 싸움 나면 어쩌려고? 특히 세주 너는 도희하고 원수지간이잖아."

"에이! 그건 10년 전 사춘기 때 얘기지. 걔들 어떻게 변했는지 보고 싶어!"

"미쳤니? 그것들이 뭐가 보고 싶어? 너 해군 중사 되더니 이상해진 거 같아!"

"가서 화해의 악수를 하고 축하할 건 축하해줘야지! 철없던 사춘기 때 일로 평생 원수로 지낼 건 없잖아?"

나는 세주의 말에 감탄을 해 고개를 끄덕인다. 세주의 깊고 넓은 마음에 나 자신이 몹시 부끄러워진다. 내게 가장 큰 행운은 바로 세주라고 재차 확신한다.

"우리 좀 일찍 가서 얘기도 나누고 그러자!"

세주가 워낙 강하게 주장하는 바람에, 우리는 결국 예식장에 가기로 한다. 혹 불미스러운 일이 생길지 몰라서 가기가 찜찜하지만 용기를 낸다.

"그것들이 우리를 보자마자 내쫓을 수도 있는데. 아무튼 출발!"

은하의 흰색 승용차에 올라탄 우리는 시청 옆 행복 예식장으로 향한다.

"오도희가 결혼한다는 걸 혜진이 네가 어떻게 알았어?"

"지지난 주에 전북대 캠퍼스에서 중2 때 우리 반 반장이었던 지소영을 우연히 만났는데, 이런저런 얘기 하다가 오도희 얘기가 나왔어."

"아아! 맞아. 지소영이랑 오도희랑 같은 초등학교 출신일 거야."

"오도희 걔, 지금은 살이 많이 빠져서 아주 예뻐졌대!"

"걔가 원래 키도 크고 피부도 하얗고, 못생긴 얼굴이 아니었어!"

오도희 칭찬까지 하는 세주에게 나는 또 한 번 놀라고 만다.

신동로에서 인북로로 접어들어 중앙시장 사거리에 이르자 차가 빨간불 신호에 걸린다. 길 양쪽에서 남녀노소 열대여섯 명의 사람들이 횡단보도를 건넌다. 각양각색인 그들 모두가 오늘따라 아름답게 보인다. 신호가 녹색불로 바뀌기를 기다리는 동안 세주가 시집을 펼친다. 작은 목소리로 첫 시 「그리움」을 읽는다. 나도 곁눈으로 다시 그 시를 읽는다.

"……!"

10년이 넘도록 소식 한 번 없었으나 아직도 나는 엄마를 그리워하며 기다리고 있다. 엄마가 끝내 돌아오지 않는다는 걸 알면서도 미련이 남아, 내 가슴속에 켜놓은 작은 그리움의 촛불 하나를 여태껏 끄지 못하고 있다.

이제 엄마에 대한 그리움과 기다림을 접으리라. 속다짐을 하고서 가만히 휴대폰을 꺼낸다. 오랫동안 망설였던 마지막 문자를 엄마한테 쓴다. 손가락이 떨리지만 입술을 깨문다.

- 엄마! 이 문자가 엄마한테 보내는 마지막 문자야. 엄마! 이제 나를 잊어도 좋아! 나도 엄마를 더 이상 기다리지 않을 거야. 엄마! 항상 건강하고 행복하길 빌게. 엄마, 사랑해!

_엄마 딸 남혜진

마지막 문자를 보내고서 휴대폰 번호를 변경하기로 결심한다. 옆에서 내가 쓴 문자를 지켜보았는지 세주가 내 손을 꼭 잡아준다. 신호가 녹색불로 바뀐다.

『남성여중 구세주』창작 노트

***

중학생 시리즈의 마지막 편이 이번에 쓴 『남성여중 구세주』
다. 중학교 3학년이 주인공인 『중3 조은비』와 1학년이 주인공인
『공주 패밀리』를 거쳐 『남성여중 구세주』는 2학년을 주인공으로
삼았다. 그렇게 해서 1, 2, 3학년 모두를 다루어보았다. 나름대
로 성취감을 느껴 가슴이 뿌듯하다.

『남성여중 구세주』는 내용면에서 중2 여학생 네 명이 벌이는
좌충우돌 생존 분투기를 그린 소설로 영화로 치면 활극이라고
도 할 수 있다. 구성면에서는 맨 앞에 프롤로그를 맨 뒤에는 에
필로그를 넣어 현재 진행을 서술하고, 가운데 부분은 과거 회상
을 서술함으로써 액자 소설 형식을 취했다. 이는 15세 중2 사춘
기 소녀 때와 25세 성년의 아가씨 때를 비교해보라는 의도다.

10년 후에는 자기 자신이나 친구들이 어떻게 변화될 수 있는지.

　이 소설을 통해서 나는 청소년들에게 두 가지 메시지를 전하고자 했다. 첫째는 의도치 않게 곤경에 빠졌을 때 절대 절망하거나 섣부른 짓을 하지 말라는 것이다. 의외로 구원의 손길을 내미는 천사가 가까이에 있을 수 있기 때문이다. 절망적인 상황에 처한 혜진이한테 구원의 손을 내밀어준 사람이 바로 세주였다. 그로 인해 혜진은 삶에 대한 부정적인 생각에서 벗어나 차츰 긍정적인 태도로 바뀌었다. 그에 더해 친구의 소중함과 인연의 귀중함을 깨닫고, 자기도 이제 친구가 있어서 외롭지 않다는 안도감, 행복감마저 느끼게 되었다.

　둘째는 '진정한 친구란 무엇이고 아름다운 우정이란 어떤 것인가?'라는 질문을 던졌다. 우리 청소년들이 스스로 생각해보기를 바라면서. 여학생이나 남학생이나 사춘기 때인 중2 무렵에는 친구가 가장 많은 삶의 비중을 차지하며 친구의 영향을 가장 많이 받는다. 그러므로 누구를 친구로 삼느냐에 따라 삶의 방향이 바뀔 수 있는 것이다. 세주를 친구로 삼은 덕분에 혜진이는 지극히 불안한 사춘기 시절을 무사히 넘기고 자신의 삶을 가꾸며 미래를 꿈꾸게 되었다. 그뿐만 아니라, 혜진이는 친구와 여러 사건 사고를 겪으면서 세상을 보는 시야가 넓어지고 깊어졌다. 세상에는 마음이 선량하고 따뜻한 사람이 더 많다는 사실을 알게 된 것이다. 따라서 타인에 대한 이해와 사랑도 품게 되었다.

써놓고 보니 부족한 점도 없지 않다. 갈등, 분노, 다툼, 화해, 모험, 탈출, 웃음, 눈물, 감동 등을 버무려서 맛좋은 이야기 비빔밥을 만들려고 노력했다. 하지만 그 맛을 제대로 우려내지 못한 것 같다. 특히 남혜진과 구세주 사이의 우정의 형성, 유지, 발전 과정에 초점을 맞춰 전개하는 과정에서 혜진이는 거의 일방적인 수혜자고 세주는 시혜자인 모습이 되어버렸다. 세주한테 받은 만큼 혜진이도 누군가에게 구원의 천사가 되는 내용을 짧게나마 넣어야 했는데 그러지 못한 게 아쉬움으로 남는다.

끝으로, 질풍노도(疾風怒濤)의 한복판에 놓인 우리 청소년들이 믿음직한 친구와 관포지교(管鮑之交), 지란지교(芝蘭之交)의 아름다운 우정을 쌓아나가기를 기원하며 변함없는 관심과 응원을 보내는 바이다. 그리고 이번에도 긴 원고를 정성껏 검토해주시고 예쁜 책으로 출간해주신 출판사 특별한서재에 감사를 드린다.

양호문

남성여중 구세주

ⓒ 양호문, 2021

초판 1쇄 인쇄일 | 2021년 7월 16일
초판 1쇄 발행일 | 2021년 7월 29일

지은이 | 양호문
펴낸이 | 사태희
편집인 | 최민혜
디자인 | 권수정
마케팅 | 장민영
제작인 | 이승욱 이대성

펴낸곳 | (주)특별한서재
출판등록 | 제2018-000085호
주 소 | 04037 서울시 마포구 양화로 59, 화승리버스텔 703호
전 화 | 02-3273-7878
팩 스 | 0505-832-0042
e-mail | specialbooks@naver.com
ISBN | 979-11-6703-023-8 (43810)

※ 본문에서 인용한 동요 <미래소년 코난>, 남진의 <님과 함께>, <둥지>, <그대여 변치 마오>,
이미자의 <여자의 일생>, 소녀시대의 <GEE>는 'KOMCA 승인필' 했습니다.